U0165875

凝煉知識品味閱讀

凝煉知識品味閱讀

朱嘉雯 著

朱嘉雯經典小說思辨課 1

鬼影俠蹤：聊齋誌異與水滸傳

五南圖書出版公司 印行

序

文學夜空的雙子星——豪俠水滸與多情聊齋

朱嘉雯

二〇一四年十一月中旬，《聊齋誌異》作者蒲松齡的第十一世孫蒲章俊老先生來到臺灣，這是他第一次遠渡海外宣揚「聊齋俚曲」，第一站就來到了我們這裡。我當時參與了接待工作，直到現在都還記得當初見到他的那一刻，心裡是如何地感到異樣的興奮！我對他說：「你很像蒲松齡！」而最讓他吃驚的是：臺灣的讀者都知道蒲松齡和《聊齋誌異》啊！（可見他的老祖在海外也很有知名度呢！）其實蒲松齡那些充滿奇幻色彩的作品，當初是先受到歐洲人的賞識，被維多利亞時代的漢學家翟理斯，一篇篇地翻譯成英語之後才紅回國內的；其實對照蒲松齡當年那幅神情中帶著靈巧慧黠的自畫像，蒲章俊老師的眼裡還多了一份內斂的深情。

那一個禮拜我們走訪了各大電臺，所有的節目主持人，都對蒲老感到好奇！他們不解：蒲松齡的親筆手稿為何能夠留存於世？他們也都問道：蒲松齡既然寫了這許多小說，為何又將這些小說譜成為曲子，傳唱於鄉里之間？而我只是心生感慨：如果《紅樓夢》的作者曹雪芹的孫子也來到臺灣，如果他的手稿也能留存下來，那會多麼令人瘋狂！蒲老當時一一為聽眾解答了疑惑，還現場唱出了許多珍貴的文化資產「聊齋俚曲」，我也從這些曲子當中，聽見了三百多年前蒲松齡濃重的山東鄉音，和他譜唱俚曲以教化地方百姓的心聲。

兩年後，我帶著文學走讀團隊走訪山東淄博。我們走進了蒲松齡一生居住的小院落，看到他寫作的書桌、躺著過世的那一張床，真實地感受到他的書寫、他的思想，以及他的存在。如今在他家屋後，已規劃出一大片聊齋園區，園裡有著各式各樣花妖狐精、胭粉靈怪出沒的場域和景致。上自神仙居住的九重天，下至陰森恐怖的地獄，都是園區遊樂的重點。奇妙的事情發生了！團員們各自走散後，便如同墮入五里霧中，直到日暮時分都無法找到出路。我則是意外地走進了不屬於遊樂區的狐仙園，那裡到處是狐！連個垃圾桶都是！但就是無法弄清楚其他團員們究竟在哪裡？

那是蒲松齡和我們玩了一個「聊齋式」的遊戲。而我很喜歡他這樣做。

不久之後，文學走讀團隊開拔到了山東梁山縣，那是《水滸傳》故事的發源地，不是為拍攝電視連續劇所製造的那座人工場景，而是真正的水泊梁山。我們先在山下用餐，一張大圓桌忠義排座次，可以坐下三十六天罡星，於是同學們開始豪邁起來！個個大碗喝酒、大口吃肉！在另外一個館子裡，還來了個武大郎，一邊挑著炊餅擔子向我們兜售，一邊聲稱：「你們來得晚了！潘金蓮已經下班了！」

等我們急急忙忙奔上梁山時，天色已昏黃。山腳下有小販問我們：願不願意騎馬上山？可以直接騎到「替天行道」的「忠義堂」。我當時望著眼前蒼茫的山路，在夕陽餘暉的映照下，彷彿看見了林沖、武松、魯智深的身影。他們一個個匆匆地奔上梁山，再回頭，眼淚已婆娑落地：「就比俺的直裰染了皀，洗殺怎得乾淨！」英雄末路的悲涼，是無可挽回的絕境，人生所有的委屈、無奈與心酸，都在這條路上了。

我想在經典文學浩瀚的星空裡，一直存在著一對雙子星，最是璀璨耀眼！它們曾經吸引了無數讀者仰頭遙望。這兩類文學作品其實也是結合了最奇幻的想像力與豐富的人生經驗所匯聚成的文字巨星。一個是千山獨行、仗義疏財的江湖豪俠；另一則是胭粉妖嬌、生來多情的狐仙女鬼。人們愛看虛玄迷幻的鬼故事，其實那些故事裡也飽含著對現實人性與人情的洞察。人們又嚮往武俠世界裡，變動不居的打鬥場景與豪情萬丈的生命揮灑，其實書中也處處反映出俗世生活裡，你我最純真樸素的願望。本書將帶領讀者著重探討這兩部經典文學所能夠帶來的知識增長、美學啓發，以及諸多歷史的省思，其間更有嶄新的文學詮釋，提供大家充分的閱讀與多元省思。

感謝五南圖書公司規劃了「經典小說思辨課」系列，除了適合大學生透過書中蘊藏的智商和情商，儲值自己的思辨力，對喜好經典文學的社會人士，也能學習面對人生的悲喜更加保持從容，坦然檢視自我的生命歷程，以及留更多的時間來思考、探索。此新的經典課題，讓我能將過往走過的路、讀過的書，展現在讀者面前。

目錄

朱嘉雯評聊齋

什麼恐怖怪異的事情，都在這裡！
——《聊齋誌異》裡最嚇人的篇章

《紅樓夢》裡，賈寶玉曾說：「女兒是水做的骨肉。」那清淨純潔、鍾靈毓秀的女兒們，曾爲曹雪芹留下了彌足珍貴的人生回憶。

然而這句名言到了《聊齋誌異》，卻完全變了調！女子與水的組合，釀成一場天人永隔的恐怖惡夢。雖然如此，讀者也不得不佩服蒲松齡撰寫靈異怪事的本領，他的小說每每有叫人出其不意，甚至到了驚心動魄的地步。

話說萊陽縣裡有個人名叫宋玉叔，他年輕的時候在官府裡做過部曹官。當時曾經租賃了一幢宅院，只是地點太過荒涼。

有一天夜晚，兩名丫鬟正侍奉著宋先生的母親入睡，忽然聽到院子裡有「噗、噗、噗」的聲音，就像裁縫燙衣服之前，先在布料上噴水一樣。

宋老夫人聽這聲音很詭異，便趕緊催促著丫鬟，叫她們把窗紙捅破一個小洞，悄悄地往外頭查看查看。只見宋家的院子裡此刻有個老婆子，個子非常矮小，而且駝著背，滿頭雪白

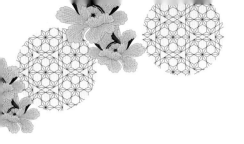

的髮絲，如同掃帚一般，挽成一個高高的髮髻。那老婆子此時正繞著院子緩慢地走路，而且身子一躬一躬地，好像一隻鶴。

老婆子不僅繞著院子走，同時還一邊走一邊從口裡噴出水來，怎麼也噴不完。兩名丫鬟非常驚愕！急忙去稟告宋老夫人。老夫人也非常好奇，她起了床，讓丫鬟們攙扶著走到窗邊一起偷看。

忽然間，那老婆子迅速地逼近窗前，直沖著窗子裡噴進一柱子水來！強力的水柱瞬間衝破窗紙，噴灑在主僕三人的身上，那三個人一齊被沖倒在地，而其他的家人們卻都還不知道。

隔日清晨，家人們都來到老太太的正屋，只是敲門許久卻沒有人應門，這才感到害怕。

他們慌忙尋來工具，將門撬開。當大夥兒一起進到屋裡時，卻見宋老夫人已經死亡。他們急忙摸一摸其中一個丫鬟，發現她還有體溫，隨即扶她起來，灑水在她的臉上，那丫環不多時便醒了過來，並說出了昨晚所見情形。

宋玉叔聞訊趕來，見母親已經氣絕，頓時悲痛難當！便反覆地細問了丫鬟夜裡所看見的老婆子出沒在什麼地方，等到確定地點之後，便命人在那個地方掘土。一直挖掘到三尺多深時，漸漸地露出了白頭髮。再繼續往下挖，隨即露出了一具完整的屍首，和丫鬟所描述的一模一樣，屍首的臉面豐滿竟如同活人。

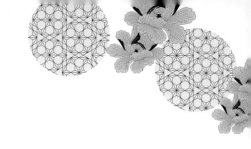

宋玉叔氣憤得不得了！命家人拿石頭砸她，沒想到這具屍體就像個大水球，皮肉被砸破的那一瞬間，竟噴出來大量的清水！

而更恐怖離奇的故事還在後頭呢！

我們都知道文人好靜，每喜山居，閒來讀書吟詠，是一大愜意的享受。然而自古以來山中也佈滿了驚人的鬼怪傳說，和詭譎陰鬱的氣氛，使人震懾於神祕魔幻的威力，而不敢輕言遁跡山林。

有位孫老先生喜歡借住在僻靜的寺廟裡讀書。有一天夜裡，他剛躺在床上，臥室房門突然被強風吹開，旋即有一龐然大物躬身擠了進來！這巨大的怪物站在孫老先生的臥榻前，頭頂住了房梁，兩隻眼睛像噴火一樣，射出強光！牠像是在搜尋獵物一般，環顧著四周。接著一張嘴，便露出長長的獠牙，又吐出捲動不已的舌頭，伴隨那喉嚨裡發出的吼聲，響徹屋瓦！

孫老先生驚懼萬分，這山魈已近在眼前，他自忖勢無可逃，於是暗暗抽出枕下的佩刀，想趁機與牠拚搏，以圖一刀殺死牠。哪知這刀子碰上牠肚皮的那一刻，孫老先生感覺像是撞上了堅硬的石器一般，只一聲悶響，山魈雖毫髮未傷，卻已被激怒，揚起巨爪狠撲過來，孫老立即鑽進被子裡，山魈暴躁異常，將整床被子拖曳而去。

孫老先生在被子離床之後，便滾落在地，驚駭之餘，已經腿軟，因而伏地呼號！僕人聽聞，趕忙奔往書齋，卻見房門依然緊閉，他們打不開門，只得從窗戶爬進來，將孫老先生扶起。

衆人聽了老先生的描述，又去查看房門，這才發現被子夾在了門縫裡，導致房門打不開。當衆人將被子取出，卻又發現門上有一個像簸箕一般大的爪痕，五指摳破之處，皆露出大洞！

衆人頓時議論不休。天亮之後，孫老先生再不敢待在這裡讀書了，揹了書箱倉皇離去。說也奇怪，從此以後這廟裡卻一如往常，再也沒有發生像那天晚上那樣恐怖怪異的事了。

蒲松齡寫作這些恐怖故事的素材儘管來自民間的鄉野傳奇，然而他在文學創作上的具體成果，實際上也引發讀者們集體潛意識中的情感共鳴。原來在我們每一個人的內心深處，都潛藏著期待感官被刺激的慾望，而驚悚的故事便有可能將我們的精神在短時間緊繃到極高的張力狀態，一旦事件完滿落幕，恐怖緊張的心理得到紓解之後，大多數人都能體驗到宣洩後的滿足感，因爲在大腦中蓄積的能量終於得到釋放了。

除此之外，大腦神經科學的專家也發現，我們在看恐怖故事時，內心所升起的恐懼，其實也屬於某種興奮狀態，亦即閱聽衆和讀者們其實可以同時享受快樂和恐懼，直到故事結束，大家鬆了一口氣爲止，人們同時滿足了感官刺激、獵奇心理，以及釋放壓力以至於身心愉悅。因此，偶爾看一點恐怖故事，對我們的情緒管理也是有幫助的。

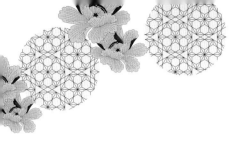

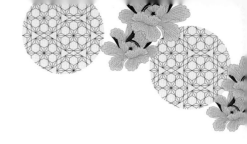

人類先祖遺留下來的夢魘——《聊齋誌異》與洞穴恐懼症

《易經》裡說：「上古時代的人類野居在洞穴裡。」也許正因爲如此，人類長遠的記憶中，對於洞穴，一直存在著某種迷戀的情結。我接下來要講述兩個在《聊齋誌異》中，關於洞穴的故事。看看蒲松齡是否也對洞穴存在著濃厚的興趣。

酆都縣的郊區有個洞穴，據說深不可測，而當地的人們相信那就是閻羅殿的所在。之所以有這樣的傳聞，是因爲許多人看到這洞裡藏著各式各樣的刑具。其實啊，這些刑具都是本縣衙門歷任的縣官汰舊換新下來的報廢品。

在明朝的時候，曾經有位御史大人華公來巡視酆都，他想親自進到這傳聞已久的山洞裡，看個究竟。於是他手持燭火，帶著兩個差役，便走進了山洞。大約走了一里路之後，燭火突然熄滅了！

華公定睛一看，眼前出現開闊的十幾間大殿。而殿上坐著一整排穿長袍的鬼官，他們的樣貌都十分威嚴！然而東邊卻空著一個位置，華公不解。只見鬼官們一同走下來迎接他，同時還笑著對他說：「許久不見，別來無恙啊！」華公看他們如此親切，便問道：「這是什麼地方啊？」鬼官們紛紛回答：「這裡是陰曹地府啊！」華公吃驚不小，那鬼官們還指著空位說道：「快來坐啊，這就是你的位置。」

華公非常害怕，請求寬限時日，可是鬼官們卻拿出一紙公文給他看，上面寫著：「某月某日，華某人連同肉身返回陰間。」華公一時驚魂不定，苦苦央求道：「我家有老母，而且年幼的孩子還沒長大呢！」正在急得不可開交的時候，進來了一位金甲神人，他手上捧著黃帛聖旨，眾鬼官便向華公賀喜：「您眞幸運！有回轉陽世的機會了。因爲這是玉皇大帝特赦幽冥界的聖旨。你可以因此而多得一些陽壽了。」華公於是快步向洞外走出去，正當眼前一片漆黑的時候，一面又來了一位威風凜凜的神將軍。他臉上的虹光照亮了整個山洞。華公立刻向他跪拜，這位神將軍告訴他：「只要念著佛經就能一路走出去了。」華公於是雙手合掌念起《金剛經》來，但見眼前一片光明，照亮了出洞口的道路。

神奇的是，每當他忘了句子，眼前又陷入一片漆黑，可是一旦想起佛經上的句子來，道路又立刻被照明了。華公好不容易念著佛經走出了山洞，可是當他一回頭，那兩個差役早已不知所蹤。恐怕這兩人不像華公那麼幸運能夠回返陽間吧！

另一個故事是說：山東章丘有座查牙山，山上有石洞如同深井。這石洞的背面有一個洞門，人們只要匍匐在地，伸長了脖子，就能望見石洞。石洞果然引起了附近村人的好奇心，於是在某一年的九月初九，三個膽子大的人就約好了一塊兒進石洞去喝酒。

當他們手拿燈火，身體綁了繩子，往井洞底下去觀看時，赫然發現洞裡的世界極爲寬敞，簡直是一間大廳。只不過再往前走幾步路，這空間就慢慢地狹窄了。而且洞裡的深處還有一個小洞，人必須要像蛇一樣地蜿蜒，才能鑽進去。

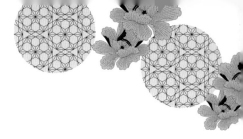

當這三人看見小洞的洞口之後，隨即用燈火照看，但是所見仍是一片漆黑，其中兩人便興起了打退堂鼓的念頭。只有那第三個人冷笑一聲，便挺身鑽入小洞裡。不久之後他發現，僅僅通過了一小段通道，便又是高大寬敞的空間了。於是這個人站起來繼續往前走。

這時他抬頭看見頭頂上出現了無數個參差不齊的鐘乳石，從洞頂往下垂，有許多鐘乳石看起來就像快要掉下來的樣子。而兩邊洞壁上的怪石，又好像牛鬼蛇神的雕塑，有些像是空中飛翔的鳥，有些又像是在陸地上狂奔的野獸，還有各種妖魔鬼怪的表情，看來都十分猙獰兇惡！

這人此時心裡開始害怕起來，他很小心謹慎地往前繼續走著，突然看見西邊有一棟石屋，門口還有一尊可怕的鬼怪石像，他正兇神惡煞的對著人看，那眼睛暴凸出來，嘴巴張開讓人看見裡面的長舌，以及巨大的獠牙！這鬼怪的左手握著拳頭撐腰，右手則撐開了五指，好似要上前抓人的樣子。

除此之外，那石屋裡的情形也可約略看得清，大致上是有些燒過的柴灰，而且地上還散著一些鍋碗瓢盆，顯示這裡曾經有人來過。這位膽大心細的冒險者，還發現散落在地上的鍋碗瓢盆，其實都不是古代的物件，而是現代的器皿。其中甚至於有四把看起來質感很好的錫壺，這探險者想偷錫壺，於是大著膽走進屋內，將四把壺子都藏在腰間，才一轉身，居然看見一具屍體！這具屍體的雙手和雙腳向四面叉開，呈「大」字型躺在那裡，簡直令人毛骨悚然！

膽大的冒險者慢慢地移到死人身邊去觀察，他發現這具屍體是裹小腳的，而且鞋底還繡著梅花圖樣。可見死者是一位女性，只是不知道她已經死了多久？她的服裝灰敗，根本看不清是黑色的？還是紅色的？至於頭髮，就好像一蓬亂草黏在骷髏頭上，眼睛和鼻孔各留下兩個洞，嘴裡兩排牙齒倒是白森森的。

這冒險者心想：會不會有些首飾還留在她的身上呢？於是他將燈火移近骷髏頭，這時突然有人在他的背後吹氣，他手上的燈火便開始飄忽不定了。不僅焰火搖動，就連他的衣服也被吹得飄動起來！此人驚駭莫名！手腳顫抖不已，而燈火就在此時全部熄滅了！

這人在黑暗中，急著想要找原路回返，又不敢伸手去觸摸牆壁，怕摸到鬼。於是在伸手不見五指的洞穴裡，跌跌撞撞，慌慌張張地往前爬行。有些濕濕涼涼的東西流在他的臉上，他想應該是血，只是不覺得疼，只是死命地想爬出洞口，逃出生天。就在他匍匐前進往外爬的時候，猛然有人揪住了他的頭髮，他便整個人暈死過去了。

那兩位沒敢鑽小洞的夥伴，在外頭等了好久，擔心他可能出了問題。便又重新來到小洞口，而且鑽身進去探視，這才發現他們的朋友滿臉是血，倒在地上，已經陷入昏迷，頭髮還掛在鐘乳石上。之後又來了兩個朋友，才合力將這昏迷的人給拖出洞口。好不容易等到昏迷者甦醒過來，才說出了在洞裡所見的情形。

在一切驚險恐怖的情節過去之後，蒲松齡還感嘆地說道：「只可惜這個探險者沒有走到洞穴的最深處，否則他一定會發現一個更奇妙的世界。」這個洞穴後來被章丘縣令給封死了，往後若有人想再探險，也進不去了。

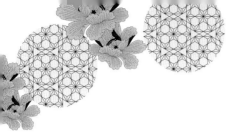

這個故事讓我們意識到，人類也許並不是害怕洞穴，而是對於洞穴裡面的東西，心懷憂慮。這也許是因爲遠古時代，我們的祖先在洞穴裡曾經受到蛇蟲鼠蟻，乃至兇猛野獸的威脅與攻擊，以至於到了今天，我們的集體潛意識中，還存在著對於洞穴等莫名恐懼。蒲松齡雖然不懂人類學與心理學，卻很精準捕捉了人類亙古以來基因中存在的憂患意識與深度恐懼。

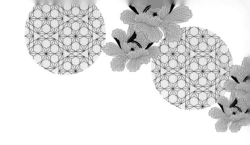

山東外海的「惡魔島」——明清戲曲小說裡的共同海洋記憶

人們自古以來對於海外的荒島產生無限地遐想。蒲松齡是一位想像力十分豐富的志怪作家。他在《聊齋誌異》裡曾寫下許多篇故事，描述主人公的海外奇妙旅程，其中以〈海公子〉一文最使人驚恐莫名。

故事的運行節奏，自舒緩漸次富麗香豔，然而一場突如其來的狂風暴雨，卻使得小說節奏與情境，意外性地產生突變！究竟在這杳無人煙的小島上，發生了甚麼令人意想不到的故事？讓我們一起來追蹤。

話說在廣漠無垠的東海上，浮現一座古島，島上生長著五色繽紛的耐冬花，四季綻放鮮妍，美不勝收！

這座神祕而且繁花似錦的小島，自古以來是無人居住的，因此成為許多人嚮往攬勝的地方。

有位山東登州的書生姓張。他的個性非常好奇，喜愛尋幽訪勝和出外遊獵。自從聽說這座小島景色美麗異常，便準備了食物，獨自駕駛一艘帆船，渡海前往。

經過了一段航行的旅程，張生好不容易登上了小島，果見繁花似錦，而且花香飄逸。此處十分原始天然，那島上最粗大的樹木，需要十多個人才能圍得起來。此地美好的景色，眞是令張生感到愜意暢懷。於是他獨自開了一瓶酒來自斟自飲，甚至後悔沒帶個伴來，一同欣賞美景，一塊兒飲酒作樂。

這時花叢間突然走出個艷麗照人的紅衣女子。她見張生獨自喝酒，於是笑吟吟地說：「我自認爲興致不凡，沒想還有人比我興致更高的！」張生看見這美女，著實嚇了一跳！便質問她是什麼人，那女子回答道：「我是膠東人，剛才跟著海公子上岸的。海公子到別處去遊玩了，我走累了，因此待在這裡等他。」

張生正處於寂寞的狀態，突然來了個美人作伴，自是高興非常！連忙招呼她坐下一同宴飲。這位美麗佳人不僅言談溫婉，而且神情動人。張生愈來愈喜歡她，深怕海公子來了之後，就不能再盡情歡樂，於是抱住她親吻起來，正當此時，島上突然狂風大作，無數的草木都被折斷而發出驚人的響聲。

那女子急忙推開張生說道：「海公子來了！」張生吃驚地回頭看時，女子已杳無蹤影。猛然間，有一條比水桶還粗的大蟒蛇，自樹林叢深處迅速竄出！

張生驚駭莫名！急匆匆地往大樹後面尋求藏匿之處，然而那蛇卻迅猛地竄上前來，用牠的身子將張生連人帶樹結結實實地纏了數匝。張生被緊緊地勒在樹幹上，一點也動彈不得。

這時，那條蛇竟然昂起巨大的頭來，用舌頭刺破了張生的鼻子，血液不住地往下滴淌，那蛇俯首就飲。張生自料必死無疑。忽然想起他腰間的荷包裡，隨身攜帶著毒藥。因此他用兩隻手指頭把藥夾出，放在掌心裡揉碎，然後讓血滴到藥上，那蛇果然就著他的手掌飲血，還沒喝完，突然直了身子，尾巴劇烈地擺動，同時發出霹靂雷霆的巨響，被碰著的樹木都被攔腰掃斷了。

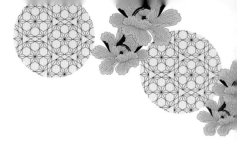

不一會兒，這條蟒蛇便像是倒塌的屋梁般倒在地上僵死了。張生魂飛魄散，過了好久才醒悟過來，回程途中，將巨蛇用帆船載回。

回家後，他生了一場大病，一個多月才康復。他經常暗自狐疑，那天在島上遇見的美麗女子恐怕也是個蛇精吧。

英國著名小說家丹尼爾・笛福，他生活的時代晚於蒲松齡二十年，《魯濱遜漂流記》是他流傳很廣遠的文學名著。故事裡的主人公魯濱遜是個非常堅毅的人。他在荒無人煙的孤島上生活了二十八年，面對所有的困境，展現了硬漢本色，我們若將〈海公子〉與之對照，便顯現東、西方作家在十七世紀末，面對廣闊無垠的海洋，同時興發著文學創造力和開拓無窮的想像世界，人們同樣勇於與惡劣的環境搏鬥，並且希望能夠贏回屬於自己的人生。

此外，這個故事表面上看來似乎仍是荒誕的鬼怪妖魔傳奇，然而張生乘船所到的海外冒險小島，卻很可能是眞實存在的。所謂山東登州海外古島，自從北宋以來，便已載入史冊，稱之爲「沙門島」，而島上的歷任山寨主，一千多年來，也一直都是殘酷的殺人魔！這不就是故事中海公子所影射的眞實人物嗎？

原來這沙門島位於今天廟島群島南部，在宋代屬於登州府，從五代起，便成為流放重刑犯人的蠻荒之地。我們看看《水滸傳》，它雖是明代的小說，然而故事背景卻是在北宋。小說中有多位梁山好漢，都因犯罪而被處以發配流放的刑罰，例如：林沖帶刀誤闖軍機重地白虎堂，朱仝私自放走殺人犯雷橫，他們都被刺配滄州。此處大致在今河北省中部，不過滄州因為處於當時的宋朝和遼國邊境，因此林沖、朱仝也算是發配邊疆了。此外，楊志賣刀時，殺死了潑皮牛二，因而被判迭配大名府留守司充軍。大名府在今天河北省邯鄲市大名縣，發配此處的話，刑罰還不至於太重。而打虎英雄武松為了替哥哥武大郎報仇，殺死了西門慶和潘金蓮，於是被迭配孟州牢城。後來遭到張都監誣陷為盜賊，再度刺配恩州。至於宋江殺了閻婆惜後，被刺配江州，此處在今天的今江西九江市。以上這些觸犯殺人罪的刑犯，都不及盧俊義因勾結強盜的罪名，被發配到孤懸於山東外海的沙門島，來得嚴重。

其實早在北宋初期，罪責重大的犯人應該被流放到西北邊境，因為那裡地處偏遠，加上天然環境惡劣，因此成了朝廷流放重刑犯的首選。然而朝廷卻發現許多犯人到了西北邊境，都紛紛投靠西夏的党項族。這等於是在幫助敵國養兵，以壯大敵人的實力。於是在宋太宗時期，便決定將重刑犯發配到汪洋大海中的一座小島——沙門島。

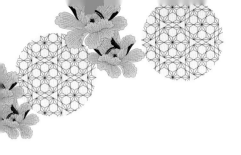

依據《宋史．刑法志》的記載，宋代罪犯流配的刑責，由重到輕，可分為五個等級：「配隸，重者，沙門島砦（寨）；其次，嶺表；其次，三千里至鄰州；其次，羈管；其次，遷鄉。」以上五個等級中，最嚴厲的是刺配沙門島。這座孤島位於山東蓬萊西北方六十里的海上。它之所以成為關押重刑罪犯的恐怖集中營，是因為沙門島的面積實在很小，犯人卻出奇地多！而島上資源嚴重匱乏時，管理犯人的寨主便將超額的罪犯扔進大海處死。根據史書記載，北宋熙寧六年（一〇七三年）沙門島上有五百名流犯，而朝廷的固定額配給只有三百人的口糧，流犯最多的時候曾經多達一千四百人，至宋神宗時代，沙門島上的水源、糧食供應更是嚴重不足，而此時島上的寨主名叫李慶，他一個人操控了所有流犯的生殺大權，曾經在兩年之內殺害了七百多人。所以《水滸傳》裡薛霸曾對玉麒麟盧俊義說：「便到沙門島，也是死，不如及早打發了你！」可見宋代的流犯一旦到了沙門島，他們的命運將會十分悲慘！難以倖免。

隨著一一二七年金兵南下，開封城破，金人完全控制山東半島之後，沙門島便不再成爲流犯的關押處所。魔鬼島從此走入了歷史。五百年後，蒲松齡寫〈海公子〉一篇故事，講述登州海外的小島上風光明媚，鳥語花香，卻有嗜人血的恐怖蛇妖，隨時出沒。作家寫作當時，沙門島成爲人間煉獄的傳說故事，已悠悠過了半世紀，而登州一帶的百姓仍是口耳相傳、繪聲繪影地傳述著島上的奇聞軼事。

有趣的是，元雜劇的作家李好古，曾著有《沙門島張生煮海》一齣戲。劇中寫道：潮州書生張羽，清夜撫琴，琴聲感動了東海龍王的女兒瓊蓮，張生與小龍女兩情相慕，私訂終身，相約中秋夜晚再聚首。不料到了中秋夜，龍王卻阻撓瓊蓮赴約。張羽只得向仙姑求救，仙姑贈予一只銀鍋，張生便用此銀鍋來煮海。那時大海突然翻騰不息！逼得龍王將張羽召入東海龍宮，與瓊蓮結爲夫妻。

這個書生爲了愛情，竟與大海搏鬥，征服了波瀾洶湧的汪洋世界，最終也得到了他夢寐以求的戀人。李好古的故事一出，即被改編成各種地方戲曲，演出盛況，經年不衰。到了清初，大戲曲家李漁，又將《沙門島張生煮海》改編爲傳奇劇本《蜃中樓》。大約三十年後，蒲松齡在元雜劇與清傳奇等豐厚的文學基礎上，再加以地方上的古老傳說軼聞，將之轉化爲創作小說的豐富題材，我們沉浸在他的故事裡，感到處處驚奇！幸好主人公最終都能化險爲夷。只是每當我們透視故事背後的原始眞相時，則難免要感嘆，現實人生與文學創作之間，畢竟存在著如大海般遙遠的距離。

人性的超拔——人、鬼、狐三角畸戀

我們這個故事裡的書生姓桑，從小就是個孤兒，一個人住在紅花埠。他天生文靜，不好與人交往。每天除了外出吃飯，其餘時間都待在家裡。鄰居們故意笑他：「你一個人老待在這屋子裡，不怕有鬼魅或狐狸嗎？」桑生笑著說：「大丈夫哪裡會怕鬼狐？雄的來了，我有利劍；若是雌的來了……，我還要收留她們呢！」

鄰居回去後，便與朋友們謀劃，到了晚上用梯子爬牆過來，把一個妓女送進了桑生的院子裡。那妓女走到桑生的門口，輕叩房門。桑生瞧了一眼，問道：「妳是誰？」那妓女回答：「我是鬼。」桑生立刻嚇得寒毛豎起，牙齒格格作響。妓女還故意在他的門口逗留了一陣子才離去。

隔天清早，鄰居來到桑生的書齋，桑生連忙把昨夜遇鬼之事告訴了他，那鄰居大肆地譏笑說：「怎麼不開門呢？不是說女鬼來了，你就會收留她嗎？」桑生一下子就明白了這是鄰人的惡作劇，於是便安心照常生活。幾個月之後，又有個女子半夜來叩門。桑生以爲又是

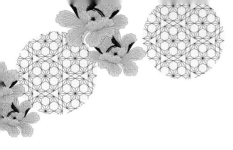

鄰居惡作劇，於是很放心大膽地開門請那女子進來。在燈光下一看，竟然是個傾國傾城的美人！

桑生好奇地問她：「妳是誰？從哪來的？」那女子回答：「我叫蓮香，是你鄰居的朋友。」桑生深信不疑，兩人相處甚歡！從此，每隔幾天，蓮香就來桑生家裡一次。

某一天夜裡，桑生獨坐書齋，有個女子悄悄推門進來。桑生以爲是蓮香來了，仔細一看，卻是個陌生的女子。

這女子約十五、六歲，頭髮披散，兩臂下垂，長袖曳地，模樣十分浪漫美麗！尤其是她走起路來的模樣，飄飄然恍若仙子。桑生驚奇之餘，懷疑她是狐狸。女子卻辯解道：「我是好人家的女孩子，我姓李。好喜歡你的風流儒雅！希望你能和我談一場戀愛。」

桑生欣喜欲狂！立即上前拉住她的手，卻沒想到她的手涼得像冰塊一樣！桑生吃驚地問道：「妳的手怎麼這樣涼啊？」女子回答：「我自幼體弱多病，今晚又蒙了一身霜露趕來這裡，怎麼能不涼呢？」

當天夜裡，女子對桑生說：「我把自己交給了你，你若不嫌棄我，我願以後常來陪你。你若是還有別人，趁早對我說。」桑生說：「我這裡沒有別人，只是鄰家的一個女孩，但是她不常來。」李小姐告訴桑生：「我和她不一樣，我是良家女子，所以請您一定要保密。往後我和她可以間錯開來找你。」

天剛破曉，李小姐就離去了。臨走前，將一隻繡花鞋送給桑生：「這是我平常穿的，送給你，想念我的時候，可以拿出來看。但是如果有外人在，請千萬別拿出來。」桑生將繡鞋握在手心裡，尖尖的像個錐子直鑽入心坎裡。隔天夜裡，桑生把玩著鞋，李小姐忽然輕飄飄地來了！兩人不免又親暱一番。從此以後，桑生只要拿出繡鞋，那李小姐隨即便到。桑生不解，而李小姐只是笑著說：「碰巧了。」

某一天晚間，蓮香來了，她看見桑生，不覺嚇了一大跳：「桑郎，你的氣色不好啊！怎麼回事？」桑生泰然自若：「是嗎？我自己不覺得啊！」蓮香便起身告辭，約好十天後再來相會。

蓮香走後，李小姐每夜都來，還問桑生：「你的情人怎麼這麼長時間不來？」桑生便把十天之約告訴了她。李小姐笑著問道：「我比得上蓮香美嗎？」桑生說：「妳們兩人堪稱雙絕！不過蓮香的體膚比妳溫暖些。」李小姐聞言神色一變：「在你心目中，她必定是月宮嫦娥，我比不上她！」因此她要在十天之後，偷偷地來看一看蓮香。

十天之後，蓮香果然來了，與桑生嬉笑言談，感情非常融洽。夜晚蓮香大為驚駭地說：「壞了！才十天不見，你怎麼勞困疲乏到這個地步？真的沒別的女人來過嗎？」桑生問她為什麼這樣說，蓮香道：「你的精神氣色和脈象都虛亂如絲，看起來是被鬼纏身了。」

第二天夜裡，李小姐一進門，桑生就問她：「你偷看蓮香了嗎？長得怎麼樣？」李小姐說：「確實很美！人間沒有此等絕色，我猜得不錯，果然是個狐狸！她走了以後，我一直跟蹤她，原來她住在南山的一個山洞裡。」桑生認為李小姐是出於忌妒才說出這樣的話，因此並沒有理會她。

後來桑生對蓮香開玩笑地說道：「有人說妳是狐狸精哦！」蓮香慌張起來：「是誰說

的？」桑生笑答：「是我。跟妳鬧著玩的。」蓮香又問他：「狐狸什麼地方和人不一樣？」桑生說：「被狐狸迷住的人都會得病，嚴重時還可能喪命！很可怕呀！」蓮香說：「你錯了！像你這樣年輕，縱使與狐狸交往，精神力氣還是可以復原的。所以狐狸其實對人沒有什麼害處。反倒是天天與人縱情淫樂，那麼人比狐狸更厲害。我想必定有人在背後說我的壞話。」桑生竭力辯白，蓮香再三追問。迫不得已，桑生就實說了。蓮香恍然大悟：「我原本就疑心你爲什麼這麼短時間裡突然變得這樣衰弱！原來是這位李小姐。你先別聲張，明晚，我也要偷偷地看看她。」

到了第二天夜裡，李小姐來了，才與桑生才說了幾句話，便聽到窗外有人咳嗽，她嚇得慌忙離去。蓮香就直接進屋裡對桑生說：「你現在的處境很危險！李小姐眞的是鬼！若還貪戀她的美色，你的死期近了！」桑生又以爲蓮香嫉妒李小姐，因此也不吭聲。蓮香說：「我知道你捨不得她。然而我也不忍心看你死去。明天，我帶藥來給你。幸虧中毒不深，十天就可以治好。請讓我看護著你康復。」

次夜，蓮香果然帶了一小包藥來，桑生服藥不一會兒，便覺得內臟清爽，精神倍增。心中雖然感激蓮香，但始終不相信自己被鬼纏身。此後，蓮香夜夜來陪伴桑生，桑生幾度求歡，都被蓮香拒絕了。幾天後，桑生恢復了健壯。蓮香臨走前，囑咐桑生，一定要斷絕與李小姐的關係，桑生假意應允。

待到夜間，桑生又在燈下把玩繡鞋。李小姐忽然來了，而且一臉不高興的樣子。桑生勸慰道：「她天天爲我煎藥治病，請不要怨她。我一定對妳好。」李小姐這才高興了一點。桑生就在她的耳邊悄悄地說：「我最愛妳了。但是有人說妳是鬼！」李女張口結舌，過了好一會兒，才罵道：「一定是那個狐狸精亂說！你若不與她斷絕往來，我就不再理你了。」說完就嚶嚶地哭起來，桑生說了無數好話，她才停止。

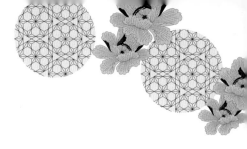

第二天，蓮香來了，她看著桑生的氣色不對勁，氣得說道：「你是不想活了！」桑生笑著說：「妳別這麼妒忌她嘛！」蓮香聽了更氣：「你得了絕症，我是爲你治病！」桑生仍是一派輕鬆，開著玩笑說：「李小姐還說，我的病是狐狸作祟造成的呢！」蓮香嘆了口氣：「你太執迷不悟了！萬一你有什麼不測，我縱有一百張嘴也解釋不清了！從此分別吧，一百天之後，我再來探視躺在病床上的你。」桑生悲哀地挽留她，蓮香氣得甩手離去了。

從此，李女每夜都來與桑生歡會。兩個月之後，桑生覺得渾身乏力，委靡不振。起初還自我安慰，不久之後，他已是枯瘦如柴，飯也吃不下了。他原本想回家調養，但還是迷戀著李小姐而不忍離去。又挨了幾天，終於倒在病床上了。鄰居發現他病重，派書僮來送茶飯。至此，桑生才開始懷疑李小姐，於是對李小姐說道：「我眞後悔不聽蓮香的話，弄到今天這步田地！」說完便昏死過去了。過了好久，甦醒過來，睁眼四下看了看，早沒了李小姐的蹤影。

這個故事是由一人一鬼一狐共譜愛曲的三角畸戀，然而在蒲松齡的筆下竟是如此地純眞無邪。桑生對女鬼的癡情不移，致使身體耗損不堪，而蓮香只得無奈地奔波於三山五嶽之間，到處尋找草藥醫治桑生，這是無私的付出。當女鬼得知自己害了桑生，頓時羞愧難當，只得遠避愛人。所以這一段三角習題，表象上迴異於世俗，在情感的質素上，可能也反映出

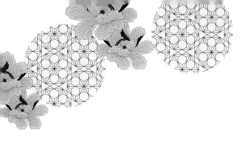

作家在現實生活裡，始終得不到的無瑕純眞情愛，於是他只好寄託在狐、鬼身上，藉此發出了深深的痛惜！

這個故事在表面上是寫男人與女鬼的兩情相悅，那是每個人都需要在情感生活上尋求的滿足。然而在愛情架構底下，本篇故事自有其更深層的結構意義。透過男/女、人/鬼、實/虛等角色上強、弱形象的對照，尤其是再加上「狐仙」蓮香所構成的三維立體結構，讓本篇故事呈現出變化不居的互動關係，雖然人物結構看似單純，其實每兩個角色之間都產生了強、弱互補映襯的書寫效果。例如：女鬼苦守在幽冥界，實屬弱者；而男主角尚存於陽間，則是相對是強者。可是一旦男主角病危，女鬼卻是始作俑者，於是強弱關係立刻產生了對反。女鬼看似冤屈受苦、飄泊無依、楚楚可憐，然而她給書生帶來的傷害之大，竟然致使桑生幾乎撒手歸西！而狐女此時立刻化身爲勇敢並有智慧的救星，出手醫治了桑生。那麼她無疑是故事中的最強者！然而這故事最後的結局，卻又因女鬼太愛桑生，爲了保護桑生，於是克制忍住自己的情感，不再與桑生見面，那麼她因無限深情而展現出的理智，又使她成爲本篇故事最後的一位強者。

這是一個三方深陷情慾，最終能夠使罪惡經由善念而受到洗滌與救贖，使得人、鬼、狐三方都得到超拔的故事。因此印證了老子《道德經》的一句話：「天道無親，常與善人。」

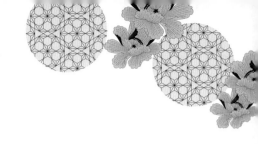

小狐女的高飛球——蒲松齡筆下的另類動物報恩

這是一個令人蕩氣迴腸的愛情故事，雖然他們一個是傻子，一個是狐狸。

有位大官王太常，他小的時候曾經歷過一場很離奇的事件，那是在一個雷電交加的深夜裡，睡夢中他突然感覺到有一隻像是貓的動物跳上了自己的床，瑟縮在棉被裡，無論如何不肯離開。天亮之後，有人告訴他，那不是貓，而是狐狸！「既然狐狸選擇在你的被窩裡躲避劫難，那麼想來你將來要大富大貴了！」果然他後來成了少年進士，而且一路做到了監察御史。

可惜的是王太常的兒子王元豐卻是個傻子！到了十六歲，還不懂得男女之事。可以想見附近鄰人和親戚朋友們，誰也不會把女兒嫁給他。卻沒料到有一天，王家來了個老婦人，這位老太太帶著一個十分美麗的姑娘上門來，而且老太太口口聲聲說要將她這個美如天仙的女兒嫁給王元豐。這漂亮的小女孩名叫小翠，小翠和元豐的婚事，一時驚動了王家的親戚們。

天真的傻子和來路不明的小丫頭，結婚之後，究竟會過著怎樣的生活呢？蒲松齡的愛情故事，實在令人著迷！首先小翠做了個布縫的足球，她自己用力一踢，就踢到幾十步之遙！又哄著元豐跑去撿球，從此以後院子裡面充滿了歡笑聲！那元豐和丫鬟們成天跑來跑去，就爲了替小翠撿球。

可是有一天小翠踢了一個高飛球！球從半空中飛下來的時候，「啪」的一聲，正好打在王太常的臉上！王太常氣得揀了塊石頭丟過去，結果正打中了兒子，於是元豐躺在地上又哭又鬧！王太常把事情告訴了夫人，夫人便來訓斥小翠，可是小翠卻一點都不在意的樣子，一面低頭微笑，一面在床上用手滑來滑去。

小翠還經常用五顏六色的塗料，將元豐的臉畫成一個大鬼臉！王夫人又氣又急，結果是把兒子打得大哭大叫！小翠只要看到夫人打元豐，便會停止胡鬧，立刻跪地求饒。

話說王太常有個鄰居，也是個做官的人家，這位大官就是王給諫。王給諫很嫉妒王太常的官運比自己好，因此經常想找機會扳倒王太常。可惜王太常就是想不出辦法來對付王給諫。

有一天晚上，小翠突然穿上了大官的衣服，又貼上了一片大白鬍子，竟裝成個吏部尙書的樣子。偷偷騎馬來到了王給諫家的大門口，然後又裝模作樣地拿鞭子打著自己的僕人說：「我是說要去王御史家，怎麼把我領到了王給諫家呀？」接著她掉轉馬頭就回到了自己家裡。得到線報的王給諫，第二天就來拜訪王太常，他開口問道：「聽說昨天吏部尙書夜晚來你家拜訪？」王太常以爲自家兒媳的胡鬧，被王給諫知道了，一時臉紅心跳說不出話來，只好唯唯諾諾地說：「是，是……」

在內室裡，王夫人正在罵小翠，殊不知外頭廳堂上，王給諫以爲王太常與吏部尙書交好，因此不敢再陷害王太常了。可是不料，一年之後，王太常又被王給諫拿到了把柄。王太常於是日夜擔憂起來。有一天，王給諫親自上門來談事情，他忽然看到元豐穿著一套龍袍闖了出來。王給諫哄著元豐將衣服脫下來，由他親自帶上朝去向皇帝告狀。

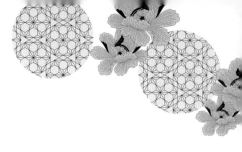

王太常正在急躁焦慮之際，以爲自己要遭到滿門抄斬的大罪，沒想到皇帝打開衣包一看，卻只看到一些高粱桿子。這就證實了王給諫誣告王太常謀反。

王夫人問小翠：「妳是不是個仙女？」小翠嘻嘻笑道：「我是玉皇大帝的親生女兒！」不久之後王太常又升官了！可是這一家人美中不足的就是沒有後代子孫。於是夫人就命僕人將公子房間的兩張床搬走一張。目的是爲了讓元豐和小翠睡同一張床。沒幾天，元豐就向夫人埋怨道：「我的床什麼時候還給我。小翠每天都把腳擱在我的肚子上，我都快喘不過氣來了！她還會捏我的大腿！」說到這裡，丫鬟僕人們都摀著嘴偷偷笑。

有一天小翠在洗澡，元豐吵著要和她一起玩水，小翠就將洗澡水燒得滾燙，讓元豐進到浴缸裡，再用棉被蒙住。沒多久，元豐就給悶死了！夫人哭得死去活來！罵道：「妳這個瘋丫頭！怎麼能把我的兒子給弄死了呢？」可是小翠竟然對夫人說道：「這樣的傻兒子，妳還要他做什麼？」夫人正在苦惱與哭鬧之間，元豐竟然又醒來了！他開口所說的第一句話是：「回想過去的一切，眞像是做了一場夢啊！」王太常與夫人都覺得這個兒子不傻了，再試探他幾句，他竟如正常人一般。老夫婦兩人歡天喜地！如獲至寶！而小翠與元豐夫妻兩人也琴瑟和諧，如膠似漆，過著幸福的生活。

一年之後，王太常被人彈劾而罷官。他想將自己家中的一個名貴的古董玉瓶拿來賄賂朝廷官員。而小翠竟然一不留神將這個花瓶給砸碎了。公公婆婆自然是齊聲責備痛罵不止。小翠便對元豐說道：「我在你家這幾年，替你一家老小保全了多少事？怎麼今天爲了一只花瓶，竟不給我留一點顏面？我這就走了！也是我倆緣分已盡，我也不是凡間女子，走了之後，你再也尋不到我了。」

當元豐追出門外，小翠已不知所蹤，之後元豐經常看著小翠留下來的衣服首飾，睹物思人，痛苦得吃不下飯、睡不著覺，面容一天天憔悴下去，人也瘦弱不堪了！後來元豐爲了排解思念，請畫家來畫了一幅小翠的畫像，每日帶在身邊。

兩年後的某一天夜晚，元豐外出來到一座村莊，莊裡有一座元豐自家的花園，他騎馬行經花園邊上，突然聽到牆垣內有女子的歡笑聲。元豐便停下馬來站在馬鞍上，想瞧瞧院中的女子。在月色朦朧中，他只聽到兩個姑娘在說話：「妳這個死丫頭，我眞該把妳趕出去！」「還不知道是誰趕誰呢？這可是我家的花園。」「不害臊！都被人家休了出來，還敢說是妳家的花園！」

元豐聽得出來其中一人的聲音便是小翠。於是出聲叫她。小翠攀上牆頭，元豐立刻握住小翠的手，小翠說：「怎麼才兩年不見你瘦成這個樣子啊？」元豐懇求小翠跟他回家，小翠說沒有臉見公婆。於是元豐便讓小翠再去花園裡住了下來。

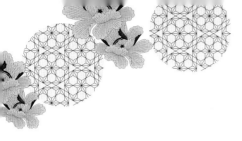

小翠經常勸元豐另娶他人爲妻。元豐自是不肯。小翠便將畫像拿出來和自己做比對。顯然她現在已經非常老了，可是元豐卻說：「妳才二十幾歲，怎麼會老呢？我覺得妳比以前更

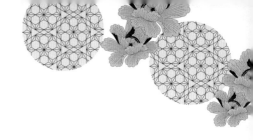

美麗了！」

這一次小翠徹底的離開了元豐。其實她就是當年那個避雷的狐狸所生的女兒。動物報恩的故事，在《聊齋誌異》一書中時有所聞，但是這一篇特別不同！小翠的純眞任性實際上已對照出王太常夫婦的淺俗與嗜欲之深。而人類之所以不能像動物一般享受單純的幸福，完全來自於欲壑難塡。我們想想，王太常夫婦竟然爲了一只花瓶而痛責小翠，況且這只花瓶又是準備用來進行非法賄賂的。可見人性多麼卑鄙呀！

或許在蒲松齡的心目中，動物的純眞可愛，才是世界上最美的一道風景。而故事的最後，小翠雖然迅速老去，元豐卻始終待她情深意厚，那麼人世間最美的感情，無疑就是愛情了。

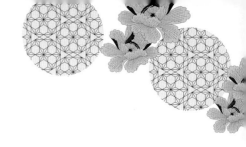

如何回家？——婚姻魔域裡的幸福守則

佛教有「和顏施」的說法，原來對他人和顏悅色，也是一種佈施。我想經常保持和顏悅色的人，也可能是發自內心所洋溢出來的一種幸福感吧。什麼是幸福？人生幸福的歸宿在哪裡？《聊齋誌異》的作者蒲松齡說給你聽。

沂水有個書生姓王，早年父母雙亡，生活十分貧寒。雖然如此，王生卻是一位翩翩瀟灑的美少年。就因爲他長得俊美，被當地的一位富豪看上了。這位富翁姓蘭，他想把女兒嫁給他，還願意爲他蓋大房子和購置田產。然而，王生與蘭女結婚之後不久，富翁就過世了。那蘭家的兄弟們都很瞧不起王生，特別是蘭女的性情也非常爆烈！她自己吃山珍海味，卻讓丈夫吃很粗糙的食物，甚至於拿兩根草桿子給他當筷子！尤其是王生考試落第的那一天，當他回家時，蘭女正好在熬煮羊肉羹，王生想要添一碗來吃，沒想到蘭女竟然二話不說就將鍋子端走了！

王生的心裡十分難過！他想：「與其過這樣的日子，還不如一死了之！」當他說出這樣的想法時，妻子蘭女竟然拋給他一條繩子，意思是說：「要死，就快一點啊！」王生拿起飯碗來狠狠地一砸，竟打中了蘭女的頭。他便嚇得奪門而出，不敢再回家了。

王生離家出走之後，鑽進了一片樹林中，想選一棵樹來上吊自殺。就在他選樹枝來繫帶子的時候，忽然看見山崖之間隱隱約約露出一條裙子來！接著便是一個靈巧的小丫頭露出臉來偷看了王生一眼，隨即便又躲起來了。這女子像個魅影似的，藏閃倏忽，王生心裡明白：這丫頭多半是個妖精。

他決定坐下來靜觀其變。不一會兒，這女子又露出一張臉來偷看王生，但也就是看了一眼，那張臉立刻又縮回去了。王生反正是個想死的人了，所以一點也不害怕，此刻反而想和這個妖精玩一玩，享受一點刺激的快感。於是他開口和妖精說：「黃泉之下若是有路，麻煩妳指點一下，我不是尋歡的人，我只是一心想死。」這話說完之後，王生等了很久，都沒有再聽到絲毫的動靜。於是他又將這句話再說了一遍。然後他聽見一個極細微的聲音說道：「想死的話，今天晚上再來吧。」王生心想：「我是不可能回家去的，就在這裡等著吧。」

好不容易等到日落西山，在滿天閃耀的星空下，白天女子藏身的高坡土崖，居然逐漸變成了一座輝煌夢幻的華麗大廈！而且兩扇高大的門扉也緩緩地敞開了。王生走進大門，一步一步登上了臺階，突然看見眼前有一道洶湧翻騰的河流！而且河面上還冒著濃煙！王生伸手探試水溫，原來這水是很燙的溫泉水。既然他一心尋死，便想也不想地跳了下去。雖然溫泉水很熱！但是王生並沒有受傷。他在水中游泳，最後努力爬上了南岸，在岸邊遠遠地望見大宅內透出了溫暖的燈光。

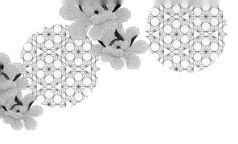

王生朝著大宅走去，路上卻衝出一條兇狠的大狗，猛咬他的衣服和鞋襪！王生急忙抓起石頭來砸狗，可是隨後又來了一群大狗，個個都壯得像小牛一般！正當危急之時，幸得一個丫鬟出來喝退了群狗。然後丫鬟對王生說：「喂！想死的那個人啊，我家娘子看你可憐，讓我送你去個享福的地方，從此你可以過著幸福安逸的生活啦！」

在濃濃的黑夜裡，王生看見一幢屋子，照射出明亮的燭火。他隨著丫鬟開啓了這屋子的門，丫鬟說道：「你自己進去吧，我要回去了。」王生推門進屋，四下一看，這裡竟然是自己的家！他嚇得急忙返身要跑，那蘭女卻噓寒問暖地對王生說道：「已經離家一整天了，現在還要出去嗎？」說著便拉王生的手走進屋裡，就著燈光，王生看見蘭女頭上的傷，僅用手絹包紮起來。

蘭女笑盈盈地對王生說道：「你看我都讓你給打傷了！你這會兒可以消消氣了吧？」然後又拿出兩錠金子來交給王生：「以後我們的吃穿用度，全都你說了算，可行嗎？」王生覺得不可置信，將金子一扔，奪門而出，沒命地跑，他想回到之前的那座大宅。

其實那座大宅才是一棟鬼域，主家的娘子，名喚錦瑟，她是從天上貶謫下來的仙女，爲了贖罪，她專門做搬運、清洗無名屍體的工作。像那些缺了腦袋、斷了手腳，血肉狼藉的孤魂野鬼，都是錦瑟和她的丫鬟春燕幫忙搬運和清理的。雖然是很不堪的工作，但王生跪伏在錦瑟的面前，希望能得到收留，一方面在此工作，同時獲得一個落腳的地方。王生在此工作了許久，所得到的薪俸超過他的期待，而王生也確實是個謹慎守分的人，因此得到錦瑟的看重。

故事最高潮之處，是在一群殺人不眨眼的強盜洗劫大宅的那個夜晚。王生不顧自己的安危，背著錦瑟逃出戶外，一路奔跑，跳入深山谷底，剛要歇息，便驚見一頭猛虎如疾風般地竄了出來！猛虎叼住了錦瑟，王生緊緊揪住老虎的耳朵，並且將自己的手臂塞進老虎的口中，意思是要代替錦瑟。老虎發威，狠狠咬斷了王生的手臂，骨頭斷裂的時候，那清脆的聲響，錦瑟聽得驚心動魄！

經過這場大難，錦瑟和王生終於好事多磨，結爲連理。婚後錦瑟對王生說：「我是從天上到地下來的，自願收養冤鬼，將功折罪，這是天魔劫難。」沒想到王生卻說：「在地下，最快樂！」原來幸福是一種眞實的力量，以「愛」帶動無限的溫暖。

這個故事難免要使我們沉思幸福的眞諦。什麼是幸福？人人解釋不同，卻又都心知肚明。幸福瞻之在前，忽焉在後，如果不是像王生那樣很清楚地知道自己想要的是什麼，很可能就在他回家的那一刻，便被幻覺所迷惑了。事實上，故事的最後，王生還是回家了，而且到家之後不久，便聽說他的妻子蘭女早就已經改嫁，還是在原來的這棟屋子裡嫁給了一個商人，然而她始終沒有忘記自己頭上的傷，老等著王生有一天回來要狠狠地報復他，結果那個商人很快地又另結新歡，鬧得蘭女天天和他吵架，那商人就再也不回家了。

這樣一棟名爲「家」的屋子，所上演的溫馨畫面竟是絕大的諷刺和幻影；眞實的景況還是不可化解的怨氣，以及無從解脫的婚姻難題。現實人生僅是一片荒涼！婚姻生活的煎熬，如泡影般的愛情，形成了強烈的對比！蒲松齡寫盡魑魅魍魎的鬼域世界，其實說來說去不過就是「生活」二字。怎麼樣過好當下的日子，應該是我們每一個人回家之後，才開始面對的考驗與課題。

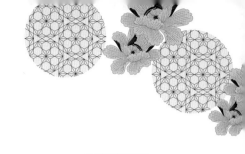

世紀之謎——無人能解的各種懸案

這個故事，事關一樁奇案，案子就發生在離蒲松齡不遠的山東德州。

有個村民家剛娶新媳婦，莊子裡的鄉親都來道賀，喝喜酒的人鬧到了半夜才放走新郎。這新郎剛走出來，卻意外地瞥見新娘子一身華服，往屋子的後院走去。新郎懷疑起來，便跟蹤了新娘。原來這戶人家的後院緊鄰著一條小河。河上有座橋，新娘子過了橋還一直往前走，新郎只好在後面呼喊她。而新娘卻回頭向新郎招招手，那新郎便匆匆趕上去，可是不知道爲什麼，無論他怎麼趕，仍舊與新娘相差著一定的距離。

走了幾里路之後，新娘領著新郎進入一座陌生的村莊，她突然轉頭對新郎說：「我在你家裡感覺好寂寞！還是請你來我家住幾天吧。」說完話，新娘便上前去敲門。不久，有個女童出來開門，新娘跨步進去。新郎因人生地不熟的，也只好隨新娘子進屋了。誰知一進門便看見岳父和岳母高坐在堂上，他們對女婿說：「我女兒從小嬌生慣養，從來沒有離開過我們，如今離了家，便感到不快樂。現在能夠和你一起回來，我們感到很欣慰。你們就在這裡

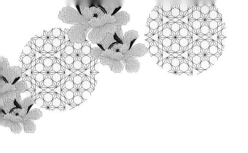

住幾天，再回去吧。」於是新郎新娘就在這裡住下了。

這時新郎家中喝喜酒的客人們，以及男方親屬都發現新郎不見了，都急得不得了！奇怪的是，新郎不見了，那新房裡卻還有個新娘子還在那兒靜靜地等待著。一家人著急得一籌莫展。

新郎就這樣失蹤了半年，娘家人擔心新媳婦要守寡，便與新郎的家人商量讓新娘改嫁。那新郎的父母傷痛欲絕，急得說道：「我兒子又沒找到屍首，怎麼能斷定他已經死了呢?請再等一年吧，到時若真的沒有回來，再改嫁也不遲啊！」

新娘的父親一氣之下，便去告官。可當時的縣令也覺得案子太稀奇古怪！一時理不著頭緒，便下令女方再等三年。這案子暫時存檔之後，兩家就各自回去苦等了。

話分兩頭說，這新郎在另一位新娘的家裡，只覺得如魚得水，因爲全家人都將他照顧的無微不至。雖然他常常對新娘說想回家去看看，可是新娘就是遲遲不肯動身。半年之後，新郎的心情漸漸焦慮難耐，他想單獨回去，只是新娘無論如何都不同意。

突然有一天，新娘全家人看起來緊張兮兮！淒淒惶惶！一副大難臨頭的樣子。那新娘的父母便滿臉憂容地對女婿說道：「原本想讓你們兩夫妻這幾天就回家去，沒想到禮物還沒準備好，就碰上了一些麻煩事，沒辦法，只好請你一人先回去吧。」那新郎可是好不容易得到了岳父岳母的應允，於是急匆匆地趕回家，只不過當他離開家門沒幾步，再回頭一看，新娘家的房子院子都不見了！只有一座高聳的墳墓矗立在那裡，使人毛骨悚然！

新郎懷著擔驚受怕的心情，好不容易回到了家。他將這半年來的經歷都告訴了父母以及

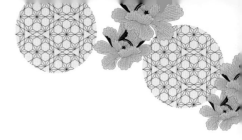

縣官。但縣令也無從查起，這件事情直到今天，都是一樁令人費解的懸案。

另一樁奇案發生在安徽鳳陽，有個讀書人外出求學，臨出門前，曾對他的妻子說道：「我這一去，大約半年就會回來。」然而，光陰荏苒，轉眼已過了一年多。讀書人竟然消息全無，留下他的妻子天天等著，望眼欲穿。

某天夜裡，妻子躺在床上，望著窗外的月光，內心思緒萬端，輾轉反側，難以入眠。突然看見一個非常美麗的女子走了進來！這女子開口問道：「想見見妳的郎君嗎？」妻子立刻回答說：「想！我想！」於是美女便挽著妻子的手出門了。當她們倆並肩行走的時候，妻子發現美女走路的速度非常快！她自覺趕不上美女的速度，於是要求美女讓她回家換雙鞋子。可是美女卻將自己的鞋子脫下來，讓妻子穿上，沒想到妻子卻因而健步如飛起來！

又走了一段路之後，妻子驚訝地發現她的丈夫正騎著一頭白色的騾子，緩緩行來。讀書人一見到他的妻子，立刻問道：「妳要去哪裡呀？」妻子回答道：「我要去找你呀！」讀書人又指著美女問道：「她又是誰呀？」妻子一時間沒辦法回答，可是這美女卻笑盈盈地說道：「你先別問這麼多，你們家娘子一路走來，很是辛苦！我家離這裡不遠，請你們先到我家休息一晚，明天早上再回去吧。」

於是他們一塊兒走進了一座獨立的小庭院，美女仰頭觀看月色，然後說道：「今晚月光明亮，我們不用點蠟燭了。」又對讀書人的妻子說道：「我的鞋，妳穿著不合適吧？現在你們有了白騾子可以騎，就把鞋子還給我吧。」那妻子連忙將鞋脫下來，還給美女。

過了一會兒，女僕將蔬果酒菜都準備好，端上桌來。美女說道：「你們夫妻兩人終於團聚了！我謹以一杯水酒，爲你們慶賀！」讀書人夫妻感激不盡！當天晚上賓主歡洽。可是酒過三巡之後，讀書人開始說話不太規矩了，他幾番調戲美女，卻對於久別重逢的妻子，沒有任何一句安慰的話語。而美女竟然也與讀書人眉目傳情起來！說話之間，又頻頻勸酒。兩人都沒有將妻子放在眼裡。那讀書人甚至對美女提出要求：「妳若爲我唱一個曲子，我就喝了妳手中這一杯酒。」

女子於是又彈琴又唱曲，那歌詞裡有幾句話是這樣的：「望穿秋水，不見還家，潸潸淚似痲。又是想他，又是恨他，手拿著紅繡鞋兒占鬼卦。」她的歌聲輕柔，體態風流，聽得讀書人幾乎把持不住自己。不久，美女說自己喝醉了，要離席，而讀書人竟然也站起來，跟著美女出去了。

過了好長一段時間，這兩人都沒有回來。妻子獨自坐在那兒，心裡很難過！她想回家，可是不認得路。才剛走出戶外，便聽見隔壁房中有男歡女愛的聲音。她靠近牆邊，仔細聽，美女訴說情意的話，皆是自己以前說過的。妻子無法忍受！一心想要尋死。突然看見她的弟弟騎著馬來到面前。妻子告訴弟弟關於丈夫的醜事，弟弟一怒之下，搬起一塊大石頭砸斷了窗櫺。美女此時嚇得大哭：「郎君的頭被砸破了！這該如何是好？」妻子聽說了，也大哭，並且罵弟弟：「我沒有要你打死他呀！這可怎麼辦呢？」

弟弟此時怒目瞪著姐姐，厲聲說道：「妳哭哭啼啼地把我叫來，如今我剛替妳出了一口氣，妳卻反過來埋怨我！我又不是讓妳使喚的！」說完轉身就走。

那妻子卻在此時嚇醒了！她恍然大悟：「原來是一場夢呀。」說也奇怪，第二天早

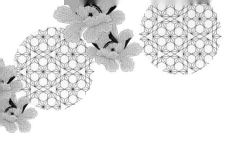

晨，讀書人竟然回來了！他騎著一匹白騾子，而且告訴妻子：昨晚做了一場奇異的夢！這夢境的內容竟然和妻子的夢完全一樣！這時弟弟也來了，他也說他做了一場夢，夢境又和姐姐、姐夫的夢完全相同。三人驚訝不已！讀書人只好笑著說：「幸好我沒被大石頭砸死。」三個人做了三場同樣的夢，就沒有人知道那美女究竟是誰！你說，這到底是怎麼回事？

生活在現代高科技發達的時代，我們卻依然發現生活周遭常有科學無法解釋的現象。像是美國海洋局曾經探測到深海底下不斷地出現「噗通」的聲音，於是有人猜測海裡可能出現了巨大的怪獸！又如考古學家在美索不達米亞平原地區，發現了許許多多數百年前的陶罐，而這些陶罐裡都裝著銅棒，而且銅棒都有被腐蝕的現象，經研究之後，發現這些銅棒曾經產生電力，那也許就是世界上最早的電池了！只不過人們還是不能理解，當時的人用這些電池來做什麼呢？

許許多多沒辦法解釋的現象，充斥在我們四周，尤其是蒲松齡筆下那許多人做著同一個夢的現象，更是費疑猜！也有人研究指出：許多人做同一個夢的機率極低，但也不是沒有發生過。根據統計，會做同一個夢的人，較有可能發生在有血緣關係的親戚，以及發生過性行爲的夫妻身上。因爲從量子力學的角度來看，生活環境類似的人，身體有微粒子交換的可能性，因此兩人或三人之間，便容易在另一個平行的世界裡溝通信息。

作家蒲松齡一生著力收集各式各樣稀奇古怪的傳聞，然後撰寫成精彩的志怪小說。在這個過程中，他其實也在無意間幫我們收集了許多科學無法解釋的事，直到今天，這些懸案還讓我們想不通，猜不透。

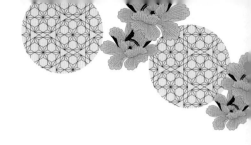

大作家的祕密——無一字無來歷

甯采臣是個性格慷慨豪爽的人，他往金華的路上，決定在一座壯麗的寺廟寶塔裡小住一陣子。然而這座寺廟已經荒廢很久了，到處都是比人還高的蓬蒿。所幸甯采臣很喜歡這裡的幽靜，其實也是因爲城裡的房舍租金太高，所以他寧願住在這裡。

那天傍晚，甯采臣在南面的小屋門前看見一位讀書人。他們聊了起來，讀書人告訴他：「據我所知，這裡沒有屋主，你要是喜歡，可以任意地住下。」甯采臣當晚鋪了些蒿草，又架起了木板，這樣他就有床，也有書桌了。

到了半夜，月光清亮，夜色極富有情韻！他們兩人又愜意地聊起天來，原來這位書生叫作燕赤霞，是從陝西來到浙江的。甯采臣覺得他的口音很重，不過卻是個質樸的好人。當天夜裡，臨睡前，北窗下出現了奇怪的聲音，采臣很好奇，趴在窗下偷看，竟然看見一位中年婦女帶著一個駝背的老婆子來到院裡，婦人抱怨道：「小倩怎麼還不來？」老婆子回道：「應該快到了！」那婦人又問：「她沒向姥姥說什麼吧？」老婆子說：「那倒沒聽說。」婦人擔憂的樣子說道：「這小丫頭，可不能當作是自己人哪！」

婦人話猶未了，只見一個十七、八歲的青春少女走了過來，在月光下，甯采臣看得清楚，她長得美極了！老婆子不懷好意地冷笑道：「小妖精在我們說她的時候，悄悄地來了呢！眞是比畫中人還好看啊，我要是個男人，魂早被她勾走了！」

甯采臣一心以爲這不過是附近的鄰居在說話，因此不以爲意地回房休息去了。剛要入夢時，突然看見有一女子走入他的房間，他嚇一大跳，指責道：「一個女孩子家，怎麼半夜亂闖？」再仔細一看，這不是剛剛在院子裡的那個小倩嗎？只見小倩走近前來，緩緩地從手中拿出一錠金子來交給甯采臣，采臣不屑地「哼」了一聲，隨即將金子扔出窗外。小倩無奈，只得走了。

第二天一早當地的大新聞是蘭溪一帶有個書生，昨晚離奇地暴斃了！仵作勘驗的結果，發現死者的腳底板出現一個洞，血就是從這裡流出來的。又過了一晚，那死者的僕人也相繼死亡了，死因和他的主人完全相同。燕赤霞暗地裡告訴甯采臣：「這是鬼魅所做的！」

當天夜裡，小倩又來到甯采臣的房裡，她坦言道：「我叫聶小倩，十八歲就死了，埋在這寺院旁，不幸受到妖怪的挾制，她逼迫我做傷天害理的事。我今天是偷偷來告訴你，夜叉要殺你！」甯采臣這時才覺得害怕！趕緊問她夜叉什麼時候來？她說：「明天晚上。」接著小倩哭了：「我很痛苦。因爲知道您是仗義的君子，所以懇求您能把我帶到一個清淨的地方重新安葬，我將感激不盡！」甯采臣問她：「妳的墳在哪裡？」她說：「白楊樹上有烏鴉巢穴的地方。」說完出門就消失不見了。

第二天夜裡，甯采臣去找燕赤霞協助，燕赤霞臨睡前把一個小箱子放在窗臺上，大約到了一更時分，窗外隱隱綽綽有人影，而且此人的眼神寒光閃閃，甚是可怕！甯采臣剛要喊叫出來，忽然小箱子裡飛出一匹閃亮的白綢緞，折斷了窗戶上的石欄，「鏗」的一聲，電光閃耀，隨即又熄滅了。

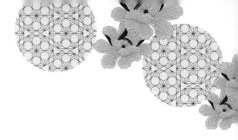

燕赤霞起身檢查箱子，從中取出一物件，映著月光看，又放在鼻子前聞一聞。那物件亮晶晶的，大約兩寸多長，像一片長葉子。燕赤霞自言自語咕噥著：「什麼老妖怪，竟敢把我的箱子給弄壞了。」寧采臣起來看，發現那是一柄閃閃發光的小劍。

燕赤霞行俠救了甯采臣，甯采臣仗義地遷葬了聶小倩，小倩知書達禮，感恩圖報，到了甯家，發揮她溫柔、賢慧、能幹的特質，終於贏得甯家母子的喜愛與尊重，最終與甯采臣結爲連理。

這篇〈小倩〉雖然篇幅較長，但其實只有三個主要人物，而這三個人物俱都形象鮮明，燕赤霞瀟脫不羈，性格豪爽；甯采臣耿介不群，正義凜然；聶小倩溫柔善良，純眞可愛。此三男一女形成作品中，鼎足而立的美感，常使讀者難以忘懷。因此一篇優秀的小說，不一定需要很複雜的故事，然而主角性格形象的突顯卻是作品成敗的關鍵。因此，經常閱讀這一類短篇小說，可以幫助我們提升對文藝作品的鑑賞品味，同時提醒書寫者掌握最基本的創作訣竅。

此外，這篇愛情結合俠義的故事，可能也有借鏡唐人傳奇之處。晚唐裴鉶的《聶隱娘》敘述聶隱娘爲保護劉昌裔，不使其受到魏博節度使的陰謀迫害。於是在夜裡，讓二條紅白長巾凌空而降，緊緊纏住劉昌裔的床腳，隱娘便施展飛簷走壁之功，展開一陣殺伐，不一會兒，隱娘現身告訴昌裔：「精精兒已經被我殺了。」不久之後，魏博節度使又派妙手空空兒來殺劉昌裔。聶隱娘知道妙手空空兒法術高超，變幻莫測，因此她要劉昌裔戴著和闐古玉入睡，她自己則變成一隻小蟲子，飛進劉昌裔的腹中，如此一來，空空兒就算有再高的警覺性，也很難察覺聶隱娘其實就躲在劉昌裔的房裡。

當晚三更時分，劉昌裔只是閉上眼睛，不敢入睡。就在電光火石的剎那間，他聽到脖子傳來鏗鏗聲響，卻不明白到底發生了什麼事。只見隱娘從劉昌裔的口中飛出，賀喜道：「劉大人您已經安全了，因為妙手空空兒是非常自負的人，他就像老鷹一般，只出手一次，如果沒有成功，那對他來說就是一種恥辱，他會因為太過羞慚，而從此離我們遠去！」當劉昌裔低頭檢視自己脖子上的玉佩時，這才赫然發現和闐白玉上有一道很深的刀痕！聶隱娘與精精兒、妙手空空兒的這兩次的交手，我們可以與〈小倩〉一文中，燕赤霞與夜叉的過招，等量齊觀。而聰明的讀者一定也從兩個故事的比較中發現，燕赤霞的一次出招，比聶隱娘的兩番比鬥，更加簡潔有勁道！

我們在檢視古典文獻時，經常可看見不同的文學作品裡，出現相近的故事情節。明末清初的文人金聖嘆曾經評價《水滸傳》說道：「《水滸傳》方法即從《史記》出來。」而清代文人張竹坡也在評論《金瓶梅》時指出：「《金瓶梅》是一部《史記》。」我們可以從中明瞭，小說人物的塑造，其實與史書列傳的寫作筆法很相近，因此作家們可以在寫作技巧上相互模擬。而我們身為讀者，就是在這細細品讀和比較的過程中，發現相近卻又略有不同之處，這才發現了讀書的樂趣。

中國傳統文學理論家常以「重複性」的眼光來看待相似情節的文本，他們特別稱這種情況爲「犯筆」。而高明的作家是在受前人影響的情況下，與「犯中求避」，意思是說，古來的大作家們經常刻意讓相似的情節重複出現，卻又不至於給人帶來一再重複的觀感，有時不僅感覺不到重複，反而還讓人愈看愈新奇，也就是說，像蒲松齡這樣撰寫〈小倩〉一文，而敢於模擬唐人傳奇的精彩情節，若非胸中具有大丘壑，他是斷然不敢使用這樣的筆法。

清代毛綸、毛宗崗父子在評點《三國志演義》的時候，曾經好幾百次說道：「仿佛」、「極相仿佛」、「遙遙相對」等評語。例如：《三國演義》第二十一回「青梅煮酒論英雄」。曹操邀約劉備在梅園飲酒，其實是故意試探他是否有韜光養晦之心。而正當曹操說破英雄膽時，關羽和張飛剛好提著寶劍趕了過來。曹操詢問他們的來意，關羽立即藉口說道：「特來舞劍，以助一笑」。這個臨場反應，很明顯與《史記》中的「項莊舞劍」相似。又例如：第三十四回劉備在荊州赴宴，蔡瑁想趁此機會將他除掉，此時趙子龍又被支走了。當此危急之際，幸好有伊籍提醒劉備，叫他趕快逃走，而劉備脫險逃生的這一幕，又與《史記》中「鴻門宴」的故事很相似。諸如此類的例子，都讓我們發現《三國演義》與《史記》之間經常發生跨文體的「互文現象」。

於是我們在研究中國古典小說時，經常要以「文本細讀」的方法來探討和體會某些反覆出現、似曾相識的章法、句型以及情節，並且進一步體會其中所隱藏美學效果。我們再看看清代著名的評典學家：金聖嘆、張竹坡、脂硯齋等人，他們都是很優秀的文學讀者，也都不約而同地提出《水滸傳》、《金瓶梅》與《紅樓夢》裡所運用到的「犯而不犯」、「特犯不犯」，以及「犯中求避」的藝術效果。例如：金聖嘆評《水滸傳》時，曾經指出：「劫法場、偷漢、打虎，都是極難題目，直是沒有下筆處。他偏不怕，定要寫出兩篇。」又說：「江州城劫法場一篇，奇絕了，後面卻又有大名府劫法場一篇，一發奇絕。潘金蓮偷漢一篇，奇絕了；後面卻又有潘巧雲偷漢一篇，一發奇絕。景陽岡打虎一篇，奇絕了；後面卻又有沂水縣殺虎一篇，一發奇絕。眞正其才如海。」我們可以發現金聖嘆很重視文本重複敘事的藝術效果，他指出，作家既要寫出類似的情節，又務必要做到同中求異，在熟悉的語境中製造一點陌生化的驚奇效果。

中國古代文人常說，文章要做到：「無一字無來處」，最好能從舊文本中「脫胎換骨」，以求達到「犯中求避」，最終鍛鍊成「點鐵成金」的創新文本。我們若是愈具體討論前代作品對後代作家的「影響」，就愈能發現每位作家其實都是在前人的基礎上追求變化與創新，於是後輩作家的作品往往具有「新奇」和「陌生化」的展現。而閱讀行爲本身如果能做到「瞻前顧後」，讓各種文本交叉比對，相信定能在解讀作品的過程中，發揮趣味盎然的無窮聯想。

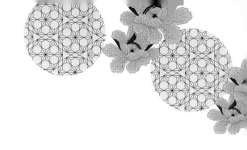

白鴿傳奇——蒲松齡給我們上的自然課

我們曾經在前面的幾個篇章中，講述過關於《聊齋誌異》裡的動物奇觀，這些故事充分地反映出蒲松齡對於自然環境的關注與好奇。今天我們再來談談《聊齋誌異》裡，關於海中的「蛤」與天上的「鴿」，讓大家一起來看看在這些動物的身上，作家又能幻化出怎樣多采多姿的小說篇章！

首先，汪洋東海裡，有一種蛤，每當牠們饑餓的時候，就會大批地浮到岸邊，然後將兩貝殼張開，這時候我們會看到從貝殼裡爬出小螃蟹來！那小螃蟹與蛤蜊之間還有條紅線相繫，於是小螃蟹便在離蛤幾尺遠的地方，開始尋覓並獵取食物，直到牠吃飽了，才會再爬回到殼裡，蛤蜊殼也就再度合起來。發現這一奇妙的寄生關係之後，有些頑皮的孩子便偷偷將蛤蜊與小螃蟹之間的紅線扯斷，結果害得蛤與螃蟹都死了！蒲松齡一邊記錄這則奇特的生態關係，同時讚嘆道：「造物眞是奇妙啊！」

另一則故事是關於山西的鴿子。原來鴿子的品種很多，其中名貴的品種，牠們的名稱也都很雅致。這一點我們可以在《金瓶梅》裡，看到一種名為「金井玉欄杆」的名鴿。

而在蒲松齡的筆下，他更進一步告訴我們，山西有名的鴿子叫「坤星」，山東則有「鶴秀」，而貴州以「腋蝶」最優，至於河南一帶便是「翻跳」最有名，此外，還有吳越一帶的「諸尖」等等，以上都是清朝初年品種相當出色的鴿子。如果要再細數的話，則還有：靴頭、點子、大白、黑石、夫婦雀、花狗眼等名類繁多，一般人並不清楚，只有內行的玩鴿達人，才能辨識。

話說鄒平縣有一位張幼量公子，他非常喜好鴿子，並且依照《鴿經》上所列的品種，四處搜尋，力求得到天下所有名貴的品種。他愛鴿子，就如同母親養育嬰兒一般，遇到天冷，他悉心地以甘草粉為鴿子療護；天熱了，就給鴿子補充鹽粒。鴿子喜好睡眠，然而睡多了，可能會因痲痺症而死亡。張公子曾在揚州以十兩紋銀買到一隻身材非常小的鴿子，這隻鴿子很喜愛走動，每每在地上盤旋不止，直到死亡才肯停下來。因此，張公子白天總是陪著牠。到了夜裡，便將牠置放到鴿群中，使牠隨時驚動著其他鴿子，藉以防止鴿子睡多了引發痲痹病。而這隻不停逡巡的鴿子，因此被稱為「夜遊」。總之，山東一帶，養鴿的一流行家，已經是非張公子家莫屬了。

有一天晚上，張公子一個人坐在書房裡，忽然看見一位白衣少年走了進來，公子問他：「你是什麼人？」白衣少年說：「我是個四海為家，到處漂泊的人。」「你叫什麼名字呢？」「四海漂泊的人，叫什麼名字也不重要了。我今天來到這裡，是因為聽說您養了很多鴿子，請問可以觀賞這些名鴿嗎？」張公子聽說來了一位同好，便將自己所飼養的名貴鴿子，盡情地展現出來。一時之間，白衣少年眼前為之一亮，簡直可以說是五光十色，璀璨似錦啊！

這位少年笑了：「果然名不虛傳！公子絕對可以稱得上是鴿子的知音了！」張公子原本想要謙遜幾句，那白衣少年卻又開口說道：「其實我也養了一兩隻比較奇特的鴿子，你有興趣和我一起去看看嗎？」張公子當然有興趣，於是跟著白衣少年出發了。只是沒想到他們越走越遠，而且是在月色朦朧的曠野中，走向杳無人煙的僻靜蕭條之地。張公子心裡害怕起來，而白衣少年便鼓勵他說道：「前面不遠處，就是我家了。」

於是他們又走了一段路，不久之後，眼前出現一座道院。踏進院門，只看見兩間屋子，白衣少年牽著張公子的手，立在院子中央。口裡發出鴿子的鳴叫聲，這時突然看到有兩隻鴿子從房檐上飛了下來。他們的形體雖然和一般鴿子沒什麼不同，然而羽毛卻是白皙透亮！他們在高空中飛撲、格鬥，同時還不斷地翻跟斗！

此時白衣少年將嘴唇緊撮，持續發出了一種非常奇怪的聲音，於是又有兩隻鴿子從高空飛下，牠們一大一小，大的如同一隻白鷺鷥，小的卻只有一般拳頭的大小。兩隻鴿子雙雙站在臺階上，模仿仙鶴翩翩起舞的姿態。接著，大鴿子伸長了頸項，張開兩邊的翅膀，像極了孔雀開屏的姿態。牠一邊旋轉一邊鳴叫，引領著小鴿子。那小鴿子便上下飛舞，體態輕盈，猶如春天裡的燕子，蜻蜓點水般落在蒲葉上，同時發出一連串細碎的聲響，閉上眼聽起來，就像敲擊小鼓所發出的聲音。而他們的合唱鳴叫，又猶如鐘磬一般鏗鏘悅耳！兩隻鴿子聲響互動的效果，不僅合乎節拍，而且韻律感十足！令張公子瞠目結舌，自嘆弗如。

張公子向白衣少年乞求割愛，但白衣少年只願意送給張公子先前的那一雙白鴿。張公子雙手捧著白鴿，在月光下仔細觀賞，發現這兩隻白鴿雙眼透亮如明珠，那中間黑眼珠的部分，就如同花椒粒一般細緻入微。

當他掀起鴿子的翅膀來觀看時，很驚訝地發現鴿子的肌膚透明晶瑩得就像水晶一般，不僅肌肉看得見，連肚子裡的五臟六腑都看得清清楚楚！張公子感到非常奇異，但仍覺得有些不滿足，於是他乞求白衣少年再多送他幾隻鴿子。而白衣少年卻說：「其實我還有兩種非常奇特的鴿子，就是怕您看了太驚訝，所以不敢再請您觀賞了。」此時張公子的家人舉著火把來找他，張公子只好依依不捨地離開。當他走遠之後，再回首觀望這座道院時，他親眼看見白衣少年已經化為一隻白鴿，如同公雞一般大，而且一飛衝天，直上雲霄。同時那座道院的房舍也都一一消失了。留下來的只有一座孤淒的小墳墓，以及種植在兩旁的柏樹。

張公子回家之後，將這一對白鴿視如珍寶。兩年之後，陸續配對成功，生下了公、母各三隻純白的鴿子，然而他無論如何也捨不得轉送給親朋好友。

有一天，張公子家裡來了一位貴客，他是一個大官，他問張公子：「你究竟養了多少隻鴿子啊？」張公子心想：這位貴客既然是父親的好朋友，而且也很關心他養鴿的情形，因此即使百般不捨，最後也還是忍痛將兩隻小白鴿裝在籠子裡，送給了大官。

幾天之後他非常驚訝地聽說，這位大官竟把鴿子給烹煮吃了！張公子驚訝地說道：「這可不是尋常的鴿子呀！你怎麼就吃了呢！」沒想到這位大官仔細回想了一下，便蠻不在乎地說道：「其實味道也沒什麼特殊的。」張公子痛心疾首，悔恨不已！

當天夜裡，白衣少年竟然來托夢！他憤恨地責問張公子：「我原本以為你是真心愛惜鴿子的，所以才把我的子孫託付給你。你怎麼能夠讓我的子孫喪生在煮肉的鍋子裡呢？既然你這麼不值得信賴，我如今就要牽領牠們離開你了！」說完之後，白衣少年果真化為一隻鴿子，將張公子家裡所有的白鴿全都帶走了。

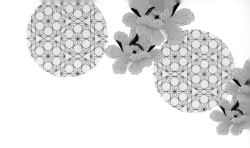

天亮之後，張公子趕緊起床看視鴿籠裡的白鴿。果然一隻也不剩了。他心中悔恨交加！既然再也見不到那珍貴的品種，心灰意冷之餘，他索性將自己多年來豢養的鴿子，全都送人。

其實古人說「物以類聚」，還是蠻有道理的。但凡一個人的興趣所在，久而久之便會匯集同一類型的人才，和他互相切磋琢磨，使他精益求精，更上一層樓。怕的就是來了一個完全不搭調的人。那麼這個人非但不懂得欣賞，更可能會落得焚琴煮鶴的下場。故事裡的張公子就是在這一點上認人不清，才造成了悲劇。蒲松齡一定是以為在動物的世界裡，我們仍然可以完成很多關於人情世故的體察，因此才寫下了一篇又一篇關於動物的傳奇小說。大自然是無盡的寶藏，在人們對它予取予求的同時，自然界也正在針對人類，發出嚴峻的挑戰與考驗！

江湖夢斷——禽俠、快刀、鐵布衫

武俠小說大師金庸曾借書中人物郭靖的口吻，說道：「俠之大者，爲國爲民。」俠者懷有如此高尚的心胸與情操，事實上源於中國傳統儒家文化所推崇的「仁者愛人」。古今俠客勇於濟困扶危，這背後如果沒有仁心來推動，萬不能下定「雖千萬人，吾往矣」的決心！

事實上自司馬遷著《史記》以來，「俠」的概念已在國人心中生根，〈遊俠列傳〉形容人間俠客：「其言必信，其行必果，已諾必誠，不愛其軀，赴士之阨困。」自此，從漢末以降，我們沿著歷史的長廊，便可仰觀歷代俠義之士的精神風貌。三國時代成大事者，如：曹操，即「少而任俠放蕩」，而劉備則是專「好結交豪俠」。至唐朝大詩人李白則一生行走江湖，仗劍任俠，〈俠客行〉詩篇云：「十步殺一人，千里不留行。事了拂衣去，深藏身與名。」李白又在〈白馬篇〉中形象畢肖地描寫一位武功高強，且功成身退的武林高手：「弓摧南山虎，手接太行猱。酒後競風采，三杯弄寶刀。殺人如剪草，劇孟同游遨。」三山五嶽之間，竟是處處臥虎藏龍！

其後在經典小說《水滸傳》裡，作者又描寫了諸多肝膽相照的俠義之士，然後有《三俠五義》裡的北俠歐陽春、南俠展昭等衆英雄，也都追隨清官，專管人間不平事，致力於懲奸除惡。雖說萬里關山英雄往來，其實江湖路險，人偶然涉入江湖，便從此隨波而流，不能任情隨性，來去自由。這一點古龍說得精準，所謂：「人在江湖，身不由己。」「江湖」一詞最早見於《莊子．大宗師》曰：「相濡以沫，不如相忘於江湖。」生存的至高境界，與其緊緊相偎取暖，不如在更廣大的世界裡，彼此隨心自在地擦肩而過。

許多人可能不知道，在充滿煙花粉黛的《聊齋誌異》裡，其實也飽藏了許多「鏺刀趕棒」式的江湖奇譚。我們就來看看蒲松齡筆下的這些特異人士，究竟有哪些絕活兒？

有個回族人，姓沙，他苦學多年，終於練成了鐵布衫大力法。當他把五隻手指併攏起來，用力劈砍下去，連牛脖子都可以砍斷。如果是直捅過去，那牛肚子立刻被戳出一個窟窿。

他曾經把一塊粗重堅硬的大木頭懸掛在半空中，讓兩位身強體壯，力大無窮的漢子用盡全力，把懸木推得遠遠的，等到這塊超級大木頭猛然蕩回來的時候，這沙某人便以他赤條條的身子去迎接那撞擊而來的懸木，這時大家都聽到「砰」的一聲沉重的聲響，那懸木竟然又被頂得飛出去老遠！

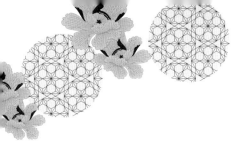

金鐘罩鐵布衫是所謂的硬氣功，傳說練成之人可以得罡氣護體，因此水火不侵、不食不饑。而金鐘罩的內功修爲，因其修練的術語都與道教煉丹術相近，因此有學者判斷有關金鐘罩鐵布衫的傳說，可能源自道教的神仙丹道，其歷史則可以追溯到春秋戰國以降，以至於兩

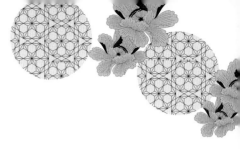

漢時期。

有趣的是，《聊齋誌異》裡既有金鋼不壞的身體，卻也同時寫到了江湖中傳說可以迅速斬殺人頭的神奇兵刃。作家在故事一開始便指出實際的年代與地區。他說：明代末年，山東濟南一帶，強盜蜂起，於是各縣都設置了軍隊，所有強盜一經捕獲，就是殺頭的死罪。

那時章丘縣的強盜尤其猖獗！這個縣裡有一個士兵，他的佩刀很有名，人人都知道那是把寶刀，鋒利異常，因此殺人不用費力。

有一天，軍官一口氣捕獲了十多個強盜，並且迅速押送到法場，斬立決。其中有個強盜認出了這位配有鋒利寶刀的士兵，因此趁機湊上前去，悄聲對他說道：「聽說您有一把稀世快刀，砍頭不用第二次。求求您來殺我吧！」

那士兵也很爽快，立即回答道：「好吧。你跟在我身邊，不要離開我。」強盜於是跟著士兵來到了法場。行刑時大夥兒只見這士兵二話不說，便揮刀向那強盜的脖頸砍去，這強盜的腦袋骨碌一聲掉了下來，一連滾出數步之外。

那顆頭一邊在地上打著轉，嘴裡還大聲地稱讚道：「果然好快的刀！」

這段故事的背景源自明末的連年天災，當時許多省分因穀物不能收成，大批的饑民成爲流寇。至崇禎二年，敢於直諫的湖廣副兵備道、禮部郎中馬懋才以〈備陳大饑疏〉上奏朝廷道：「臣鄉延安府，自去歲一年無雨，草木枯焦。八、九月間，民爭採山間蓬草而食，其味苦澀，延以不死。至十月，蓬草盡，則爭剝樹皮以充飢，亦可稍緩其死。迨年終，樹皮又盡矣，則掘山中石塊以果腹。石性冷而味腥，少食則飽，不數日則腹脹下墜而死。」

這景況到了崇禎九年更為嚴重，天災再度於各省延燒，米穀一時騰貴，饑荒之下，人且相食，到處興起兵變，甚至絞殺了巡撫，以至於發生父子、夫妻、兄弟相食的慘況。至崇禎十年至十一年間，兩京、山東、山西、陝西到處是旱災，旱災之後，接著是蝗害。於是流寇盜賊便自崇禎十二年起，在山東、河南、山西、浙江等饑荒重災區流竄，於是大明帝國半壁大好江山均陷入無盡悲慘的深淵裡！

當我們了解蒲松齡故事的社會背景之後，再回頭看一眼，那盜賊走到生命盡頭時所說的最後一句話：「果然好快的刀！」便不由得興起無限悲憫，此時讚嘆這把快刀的理由不僅因為它很奇特，彷彿還多了一層原因，因為它能迅速銳利地幫助人們解脫苦難。

除了在人世間，蒲松齡的江湖路險，還寫到了動物界！我們經常觀察到大自然界處處可見母愛的力量，她們哺育幼小的生命，不辭辛勞，有時為了保護自己的兒女，還可能拚命與天敵奮力一搏！這樣的場景，使人動容，也教人感觸良多。

《聊齋誌異》裡有一則鸛鳥的故事，母鸛為了救自己的下一代，生出了堅毅無比的智慧和勇氣，此間甚至還出現了禽鳥世界裡的大俠！以昂藏的英雄姿態，顧盼神飛，濟弱扶傾，更使我們感受到生命與自然界的不可思議！

話說從前在天津有一座寺廟，廟裡的鸛鳥將牠們的巢，築在了屋脊的頂端。然而大殿的頂棚上卻藏著一條像臉盆一般粗大的蟒蛇！

每當幼小的鸛鳥剛剛長出羽毛來，翅膀展開就快要學飛的時候，那條大蛇就悄悄地爬出來，張開血盆大口，將小鸛鳥一隻一隻吞吃得一乾二淨。

母鸛一連悲鳴了好多天，才依依不捨地飛走。日子不覺過了三年，廟裡的僧人都以爲母鸛絕對不會再回來了，沒想到三年後，這母鸛又回來了，而且仍舊將牠的巢築在原來的屋脊上。

不久之後，幼鸛即將長成，然而那母鸛卻突然離去。三天之後，才又飛回來，牠進入巢裡呀呀地叫著，像以往那樣哺育著幼小的鸛兒。

就在這個時候，頂棚上的巨蟒又出現了！牠蜿蜒著從屋梁上爬下來，悄悄地接近了鸛巢，母鸛突然驚慌飛起！急切而淒厲地哀叫著，然後迅速飛上了天。

此時，一陣奇異的大風颳起，霎那間，天昏地暗。寺廟眾人驚駭異常！大家望見遠處飛來一隻大鳥，振動著巨大的翅膀，遮天蓋日，從空中疾速俯衝，氣勢如同一場急風驟雨！

這奇異的大鵬鳥用爪子猛烈地攻擊那巨蟒，蟒蛇立刻從屋頂上掉了下來，這瞬間，連大殿的屋梁都崩壞了！大鳥傷了巨蟒之後，隨即振翅飛去。母鸛立即跟隨大鳥而去，彷彿是要送別恩人一程。

大殿屋梁崩塌的時候，鸛巢也翻倒了，兩隻幼鸛墜地，一隻死了，另一隻還活著。寺院裡的僧人將活著的幼鸛安置在鐘樓。過了一會兒，母鸛回返，便到鐘樓上哺育幼鸛。

在幼鸛羽毛漸豐，翅膀長成的時候，母鸛便帶著牠飛走了。從此，寺廟裡的僧人再也不見鸛鳥的蹤影。

將以上幾則故事合併觀之，蒲松齡所生活的世界，人往往活在卑屈飢餓的垂死邊緣；動物界則反而出現了人心嚮往的仗義之俠。大禽俠現身勇鬥巨蟒，保衛弱小，實則諷刺了人世間正義與倫常的失序。我們閱讀《聊齋誌異》，除了滿足想像力與好奇心之餘，如果能看到故事背後所寄託的精神寓意，相信能更深刻地體會蒲松齡悲天憫人的文學情懷。

百年老狐來自西域！——《聊齋誌異》裡的狐仙隱喻

讓我們再來談談關於狐狸的故事吧！原來在《聊齋誌異》這部書裡，狐狸並不一定都等同於美女，狐狸有時候竟然是老人、醜女！甚至於是外國女！

有一篇小說叫做「焦螟」，那故事是說在皇宮裡陪侍皇上讀書的侍讀官董默庵被狐狸騷擾了！囂張的狐狸經常在他的天花板上來回奔跑，導致磚石和砂礫就像落雪與冰雹一般，紛紛揚揚掉落下來。董公憂心不已！上朝的時候對同事們訴說他的煩惱，有一位大臣便對他說：「關東有個道士名字叫焦螟，聽說具有高深的法術可以降妖伏魔。」董公於是登門拜訪，請求道士協助。

可是沒想到道士寫給董公的符一點也不管用！到了晚間，那些狐仙變本加厲地鬧起來，董公更是一籌莫展。這焦道士便親自來到了董府設壇作法。結果法壇底下現出了一隻大狐來！由於董府裡上上下下的家人們都很痛恨狐狸！於是有個小丫鬟便上來踢了大狐一腳，結果她立刻昏死過去！而且還斷了氣！

道士無奈地說道：「只好藉著女子的屍體來用一用了。」於是他對著丫鬟念起咒語來，這丫鬟便忽然跪了起來！很明顯的，她被狐狸給附身了。道士於是問她：「妳是從哪裡來的？」這狐狸便藉由丫鬟之口回答說：「我是在西域出生的，來到京城已經繁衍到第十八代。」道士生氣地說：「這裡是朝廷重地，豈能容得下妳們！」狐狸安靜不說話。道士拍桌子大怒！說道：「還不速速離開！我的道法可不容許妳在此作亂。」

這狐狸皺起眉頭來，還是不說話。道士更加生氣了！一邊作法，一邊催她立刻離開京城。接著我們看到這丫鬟倒下來，身旁有四五團圓滾滾的白球，咕嚕咕嚕地順著屋簷滾走了。董家從此平安無事。

另一個故事是說，遵化這一帶多狐狸。多到竟然占據了一棟大樓！他們平時經常出來危害人類，遵化署中的官僚們俱都束手無策。只好殺豬宰羊事奉狐狸，希望他們不要再危害人類。後來有一位丘姓官員到遵化來做官，他的脾氣非常剛烈！遵化一帶的老狐仙聽說了這事情之後，也都非常畏懼。老狐仙於是變成老婆婆的樣子，上丘家門去對丘家人說：「請丘公別太生氣了，我會盡快帶一家老小遠離遵化。」

第二天丘公在當地閱兵完畢之後，當場下令將各門大炮都移到狐仙占據的那棟大樓外圍，將狐仙一家團團圍住！然後不由分說，一聲令下，千砲齊發，頃刻之間，不僅樓房被夷爲平地，狐狸們的血肉和皮毛如下雨一般紛紛飛揚！場面實在令人驚悚！但是在濃煙白霧之中，還是有一隻狐狸逃竄而出，一溜煙就不知去向了！

兩年後丘公派了個能幹的僕人到京城去打點，希望以行賄的方式謀求升官。但是關係一直沒有打點好，老僕便將銀兩放在一個衙役的家裡。這時突然來了一個老翁，他向朝廷控訴，說丘公殺害了他全家人，現在還意圖行賄，如今銀兩就藏在某某人家中。然而官差奉旨查辦，卻沒有發現銀兩。那老翁便用腳點了一下地板，官差立刻會意，於是挖地三尺，果然發現了銀子。

可是就在官差回頭的那一刻，老翁卻不見了！由於人贓俱獲，丘公就被判刑了。大家應該都猜得到，這老翁其實就是兩年前從大樓裡逃生的老狐狸。蒲松齡在故事結尾之處說道：「狐狸危害人類固然是不對，但是牠們已經心生畏懼，答應遷離，丘公卻還趕盡殺絕。然而如果丘公是個清廉方正之人，諒那狐狸也找不到理由來復仇。」總歸一句話，還是人類自作孽呀！

至於古代為什麼有那麼多關於狐仙的故事呢？這恐怕與民間傳說的「五大仙」信仰有關。所謂「五大仙」，又稱為「五顯財神」，分別是：狐狸、黃鼠狼、刺蝟、蛇和老鼠。其實這五大仙之所以成為民間信仰的中心，正是因為牠們是鄉村最常見的小動物，於是長期以來，便在民間流傳著牠們容易修煉成精，並且與人類打交道的傳說。以至於地方上作法的巫師們都稱這些精靈為仙家，或俗稱「草仙」。這便是蒲松齡作《聊齋誌異》時，經常講述道士與狐仙鬥法故事的社會背景。

因為民間傳說的五大仙之首正是狐仙，同時在漢文化圈裡有狐狸修煉成仙，化為人形的傳說。因此人們相信狐狸能透過修煉吸收日月精華與人氣，以至長生不死。而自古以來志怪神話文本中也都有這類傳說故事記載，例如：清梁紹壬《兩般秋雨盦隨筆・狐仙能畫》曾指出：「北地多狐仙，人家往往有之。」至晚清吳趼人《二十年目睹之怪現狀》第二十四回也有：「他無意中把狐仙得罪了，那狐仙便迷惘了他」的說法。而明末小說《金瓶梅》的作者也寫道：花子虛死後，李瓶兒一心想嫁西門慶，不料西門慶家中有禍，無暇顧及迎娶之事，失望至極的李瓶兒竟被狐仙所惑，以至臥床不起。此處這個狐仙，恐怕還是個男狐呢！

如果以歷史背景來看，年代最久遠的狐仙可能是商紂王身旁的妲己，《封神演義》作者寫道妲己便是被九尾狐所附身，致使紂王迷戀不已。而這樣的書寫套路也為蒲松齡所吸收，並轉化為《聊齋誌異》裡，狐仙與凡人相戀的纏綿故事。

此外，從六朝至隋唐以降，在《列異傳》、《甄異傳》、《搜神記》、《搜神後記》等志怪文本中，狐怪題材便大量出現，因為從西域到中原的陸路逐漸開通，導致西域賈胡、僧人大批湧入，乃至西胡人種與華夏民族通婚與文化融合。隨之而來的特殊的社會現象，便是「狐」這一字，慢慢變成為了漢人對胡人歧視性的稱呼。於是我們可以理解到，蒲松齡筆下的西域老狐，其實就是「老胡」的調侃之語。牠們自稱定居京城已歷經數代，這樣的說法也源於漢魏六朝以來，至隋唐達於鼎盛的中西交通文化現象。嚴肅一點看待，這可是小說家對西域胡人漢化程度的紀實描述。只不過他們的漢化程度恐怕還是不高，因此即便是住在京城的著名華夏裡，也總是與社區鄰人不太相容吧！

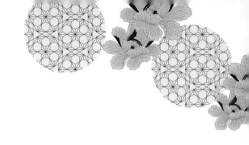

命運掌握在自己的手裡——奇幻作家打怪記

占卜，是一種迷信的行爲。不過，自古以來總是有人想透過占卜以預知未來。這大約是出於人們對於未知的渴求。然而占卜的形式也確實千奇百怪。蒲松齡在《聊齋誌異》中，曾經寫下一篇「鏡聽」的故事，這是讓占卜者在除夕的夜晚先齋戒沐浴，然後手持一面鏡子向灶神禱告，接著把鏡子帶出門，如果遇到路人交談或自言自語，持鏡人得在旁偷聽，那路人所說的話，便是占卜吉凶的依據了。

話說山東有一對鄭氏兄弟，哥哥是文學高材生，在地方上早有名聲。父母也都偏袒他，所以對待大兒媳也特別好。而弟弟呢，自從考場失意以來，連帶的二兒媳也受到公婆的冷遇。長此以往，大房與二房之間便產生了嫌隙。

有一天，二媳婦對丈夫說：「你們同姓鄭，又是親兄弟，你就不能像你哥哥一樣爲妻子爭口氣嗎？」受了這句話的刺激，弟弟從此苦學鑽研，專心致志在讀書做文章之上，不久之後也終於小有名氣。而父母對他們夫妻倆的態度，也就稍微有了些改變。

可是二媳婦覺得這樣還是不夠的，她非常熱切地盼望自己的丈夫能夠在今年的鄉試拔得頭籌。但是她又不知道今年丈夫是否能夠高中？於是她在除夕的夜晚使用了鏡聽的方式來占卜。

那晚，二媳婦出門後不久，就看到兩個人互相推擠對方，鬧著玩。其中一個人說的第一句話便是：「我也涼涼去！」二媳婦實在弄不明白這句話跟她的丈夫能不能高中，究竟有什麼關係？

那一年鄉試結束之後，很快的兩兄弟都回到了家中，因為天氣很熱而兩個媳婦都在廚房裡做飯，一時之間都熱得汗如雨下！此時忽然有官衙裡的人來報喜訊，他們說：「鄭家的長公子高中舉人了！」當時婆婆因為太高興了，面對大媳婦說：「老大中舉啦！妳可涼涼去！」這二媳婦聽了心裡就難過，可是沒辦法，於是一邊擦眼淚一邊繼續做飯。不久之後，又有人來說：「鄭家的二哥公子也高中舉人了！」那二媳婦興奮之餘，順手扔下了擀麵杖，心直口快的說道：「我也涼涼去！」當她順口說出這句話之後，才驚覺「鏡聽」占卜還真的很靈驗喔！

這個故事真正令我們感嘆的是，在古代科舉制度之下，家庭氣氛往往變得很怪異，父母幾乎都不將兒子當兒子看了！而故事中二媳婦扔下擀麵杖，終於舒出一口悶氣，說道：「我也涼涼去！」這樣的豪情，蒲松齡寫得躍然紙上，筆調不俗！

另一個關於占卜的故事是說于某人的經歷。話說他年輕的時候喜歡練功夫，練得一身力大無窮的本領，舉起極重的石墩來，還可以使之盤旋飛舞。讓旁人見了，駭然莫名！

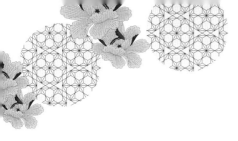

崇禎年間，于某人去京都參加殿試，可是他的僕人卻在此時得了重病！于某人不知道這僕人是會痊癒呢？還是將不治身亡？於是他就去街上找了一個半仙來占卜。于某人剛走到算命攤之前，就聽得這位半仙問道：「是不是你的僕人生病了？」于某人大吃一驚！接著這位半仙又說出更令他吃驚的話來：「你的僕人倒是沒事，不過你卻是三日之內必定死亡！」于某人簡直嚇得瞠目結舌，說不出話來！只聽這半仙又呵呵笑道：「我有個方法可以消解你的災難，但是要價十兩黃金。」于某人認為死生有命，豈是小手段所能消解的。因此拒絕了半仙。那半仙還要試圖說服于某人：「千萬別為了捨不得銀兩而自誤啊！」同時在旁圍觀的人群，也紛紛勸于某人花錢消災。那于某只是不聽。

很快的，第三天到了，這一天從早上開始于某人就端坐在客棧的房間裡一動也不動。他想靜靜的等待死亡的到來。但是整個大白天過去了，屋裡一點動靜也沒有，一直到入夜時分，于某人站起來關了門窗，在身旁放了一把寶劍，又等了好一會兒，屋內依舊沒有任何動靜。就在他打瞌睡的時候，窗戶縫隙間突然傳來微小的聲音，于某人定睛一看，居然是個小小人爬進了窗戶，等他跳到地上的時候，這個小小人已經長成了一個成人的高度了。于某人片刻不停頓，手持寶劍，大喝一聲，便擊殺過去！

可是對方卻飄忽不定，很難擊中。只不過他發現于某人非常神勇，大概是心裡害怕的緣故，於是又變回原來小小人的樣子，迅速做出要跳窗的姿勢。說時遲那時快，于某人憤然一劍斬落，小小人隨即從窗邊掉下來，于某人撿起來一看，居然是個紙人！

從這之後，于某人可不敢再睡覺了，果不其然，過了一會兒，又有一個惡鬼，長得十分醜陋！從窗戶外爬進來，于某人索性又將它劈成兩半，結果這各自的兩半還蠕蠕地扭動著，而且相互靠攏，眼看就要合而為一了。于某人於是連續刺擊這個怪物，直到將它斬成許許多多的碎片為止。這時再定睛一看，原來是個土捏的偶人。

于某人連續斬殺兩怪之後，更不敢大意，他直勾勾地盯著窗戶的縫隙瞧，接著又聽到窗外傳來氣喘如牛的聲音，像是有什麼龐然大物正在接近，接著房子開始像地震一般地搖晃起來，而且晃動的力道越來越大，眼看屋子就要垮了！于某人當下手持寶劍，衝出戶外，在昏黃的月色中，他看到一隻巨大的怪獸！這怪獸十分高大，竟高過了房簷！牠的臉如黑炭，眼睛卻發出金光！這妖怪全身光溜溜的，腰間卻跨了大刀和弓箭。

此時妖怪手裡張著弓，怒目瞪視著于某人。當牠一箭射來，于某人揮劍格擋，那怪獸於是再射一箭，于某人閃身躲開了，這一支箭就從他的耳旁「颼」一聲飛過去！又「噹」的一聲，穿入牆壁。這怪物連續兩次都沒有射中于某人，一時間憤怒異常！牠拔出腰上的刀，向著于某人劈面砍過來！于某人施展身手，如猿猴一般，向怪獸的跨間竄過去。那怪獸的大刀便只砍到了石頭上。此時于某人回身一劍斜刺出！正中怪獸的腳踝，卻只聽得鏗鏘一聲！猶如砍在金石之上，然而這怪獸卻也吃了一痛！牠便更加地狂暴怒吼起來，轉身再向于某人一刀砍來，于某人趁勢滑向怪獸的腋下，然後使盡平生力量，奮力一刺，那怪獸不支倒地，掙扎了兩下就死了。于某人回屋裡取燈出來照看，那怪獸已經化為木偶。這木偶面目猙獰，手持寶劍，腋下還流出了一灘血！

此後于某人守了一夜，並未再看見任何怪物，但是他心中明白，這一切都是那半仙所為。

第二天，他去找這半仙，可以想見這半仙已經杳無蹤影。但卻有人告訴于某人，半仙使用的是障眼法，只要向他的攤位潑灑狗血，他就會現形。那接下來的畫面，大家就可以想見了。這半仙滿頭滿臉的狗血，被押解到衙門裡，縣官判了他死刑。

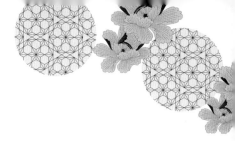

其實蒲松齡本人並不迷信，尤其他在這篇故事的最後所做的總結，告訴我們：他不贊成算命和占卜，就算知道了自己的死期又如何？更何況有很多算命仙其實都是謀財害命的騙子。

然而我倒是從這篇故事裡，看到了比先前的《西遊記》更精彩，比之後的「變形金剛」更有趣的賭鬥與變身場面。也可以想像作家在書寫這些故事的當下，腦子裡充滿了各種稀奇古怪的念頭！也許他自己本人越想越興奮吧！那時候他的表情一定非常可愛，眼珠子轉個不停，滿心懷抱著令人意想不到的驚喜畫面，就像是一頭栽進了魔幻世界裡的小孩，徜徉在絢爛奇幻的世界裡，流連忘返呢！而且于某人的勇猛無畏，不也正好向世人展現：自己的命運應該掌握在自己手中嗎？

奇幻的魔術，瞬間淹沒了我們的想像……
——看大作家用文字變戲法

在《聊齋誌異》中，人與狐的對話總是特別發人深省！每當作者很無奈地感受到人生所有美好的求知欲望與深刻的哲理思想，難免仆倒在現實環境與金錢攻勢之下，他就會設計出這一類的場景來，反省作爲「人」的意義與價值何在？

有個故事是這麼說的：從前有個讀書人，他在書房裡讀書，忽然聽見有人敲門，於是他走上前去開門一看，竟然是個白髮蒼蒼的老翁站在門外！讀書人尊重他是位長者，因此很客氣地請他進屋裡坐。一邊讓坐，同時開口問老人貴姓。沒想到這位老人家開門見山就說：「我姓胡，是個狐仙。」

讀書人不解，老人家進一步解釋：「我聽說您是一位高雅之士，令人仰慕，所以特來與您相識。」讀書人當下釋懷，很自然地與老翁聊起天來，他們言談之間，處處展現了博學的知識，尤其是老翁，不僅學識淵博，而且他所說的每一句話都富有很深的哲理，言詞中也總是引經據典，表達了許多獨到的見解。

讀書人佩服之至！留下老翁在他家裡一連住了好多天。後來他忍不住問老翁：「您老人家既然對我特別地抬愛，爲何不幫幫我呢？您看我那麼貧窮，您又是狐仙，只要一舉手，那金錢就會源源而來啊！」老翁聽了這話，表情非常地不以爲然，好像深以爲恥的樣子，可是不一會兒，倒又笑了，他說：「這事也容易，變這個法術，只需要十幾塊錢做本錢。」讀書人立刻掏了十幾塊錢給老翁。

老翁於是和讀書人一同進到一間密室裡，然後口中念念有詞，片刻之後，成千上萬的銅錢就像下著暴雨一般地從屋頂上叮叮咚咚地灑下來！說時遲，那時快，轉瞬間，錢幣已經堆積淹沒了膝蓋！他們沒辦法走路，很辛苦才把腳從錢堆裡拔出來。

眼看著銅錢堆滿了一間屋子，足足有三、四尺深，那空中還繼續地掉錢下來，老翁問讀書人：「這些錢對你來說足夠了嗎？」讀書人很興奮地說：「夠了。」老翁於是伸手一揮，那錢雨就停了。然後他們鎖上門一同走出來。讀書人竊喜不已，很高興自己突然發了一筆財。

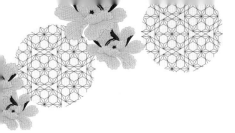

不多久，讀書人獨自到房裡去準備拿錢用，卻見剛才滿屋子的錢，現在都不見了！只剩原來做本錢的十幾塊錢還在。秀才非常失望，氣急敗壞地責怪老翁，罵他是個騙子！老翁也很生氣：「我原本是想來和你切磋學問的，不是想和你一同去作賊！如今看來，你只配和梁上君子交朋友！」說完了話，一甩衣袖，便走了！

其實，當銅錢如暴雨般灑下的那一刻，正是狐與人在價值觀上決裂的時刻。在這篇故事裡，蒲松齡運用有趣的戲法來諷刺人性的功利與貪婪。然而戲法人人會變，只是巧妙不同。

我記得魯迅於一九三三年在《申報》上曾經發表一篇散文，文中說道：「我愛看變戲法。他們是走江湖的，所以各處的戲法都一樣。為了斂錢，一定有兩種必要的東西：一隻黑熊，一個小孩子。

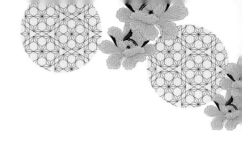

黑熊餓得眞瘦，幾乎連動彈的力氣也快沒有了。自然，這是不能使它強壯的，因為一強壯，就不能駕馭。現在是半死不活，卻還要用鐵圈穿了鼻子，再用索子牽著做戲。有時給吃一點東西，是一小塊水泡的饅頭皮，但還將勺子擎得高高的，要它站起來，伸頭張嘴，許多工夫才得落肚，而變戲法的則因此集了一些錢。

孩子在場面上也要吃苦，或者大人踏在他肚子上，或者將他的兩手扭過來，他就顯出很苦楚，很為難，很吃重的相貌，要看客解救。六個，五個，再四個，三個……，而變戲法的就又集了一些錢。」

古代變戲法的人，他們的生財工具，要不是幼小的動物，抑或就是孩子。我們只要看透這一點，就會覺得這是很殘酷的行為，這道理雖然大家都能明白，但是魯迅依然很感嘆：「事情眞是簡單得很，想一下，就好像令人索然無味。然而我還是常常看。」這個問題就是值得讀者深思的地方。所幸今天已經絕少聽說有這樣不人道的表演了。

針對看戲法，《聊齋誌異》的作者蒲松齡倒是記錄過一段他小時候看人變戲法的經驗，我們也許從這些文字記錄中，可以回顧古人看戲法的場景和經驗。

作家說道：我童年的時候，有一回到濟南府參加考試，那時正值春節，依照風俗，春節前一天，城裡各行各業的商家，都要抬著彩樓，一路吹吹打打到布政司衙門去祝賀春節，這

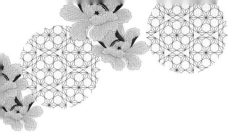

習俗叫「演春」。

我那天也跟著朋友到衙門去看熱鬧。來到衙門四周，遊客很多！幾乎堵成了人牆，擠得水洩不通。那大堂之上坐著四位身穿紅袍的官員，他們東西相對而坐。因為我年紀還小，也不懂他們是什麼官。只聽得人聲鼎沸，樂鼓喧闐，簡直震耳欲聾！

此時忽然有個人，帶領著一個披髮的童子，身上挑著一副擔子，走上大堂來，他所說的話，我聽不見，因為這裡太吵了，不過卻看見到大堂上的官員在笑。然後，就有個全身黑衣的衙役向他們傳話，指示他們演戲，那人立刻答應了。

剛要表演，忽又問道：「大人想看什麼戲法？」堂上官員隨即彼此商量了幾句，又命衙役走下堂來，大聲問道：「你有什麼拿手的好戲法？」那人回說：「我能顛倒萬物生長的時令，任意叫自然界生出各式各樣的東西來。」衙役回堂稟報之後，又走下來，叫他表演取桃子。

耍戲法的人點點頭，然後脫下衣服來蓋在竹箱上，又刻意佯裝抱怨：「官長們委實不明事理啊！眼下這冰雪還沒有融化，叫我到哪兒取桃子來呢？倘若不去取，又怕惹得官長生氣，這可叫我怎麼辦呢？」

他的兒子在一旁接口道：「父親已經答應了，怎麼能推辭呢？」那耍戲法的人為難了一陣，便說道：「這眼下一片冰雪世界，人間哪兒能找到桃子？只好去到那王母娘娘的蟠桃園，所幸那裡四季如春，興許會有桃子。只不過，這得到天上去偷才行。」

兒子說：「咦？難道父親有臺階可以上天嗎？」那耍戲法的人說道：「你別擔心，我自有辦法。」說完了，就從一個竹箱裡取出一捆繩子，約有數十丈長。他理著理著，找出了一個繩頭，一伸手拋向了天空，沒想到這繩子竟然高掛在半空中，好像有什麼東西牽它著似的。而且這繩子還不停地上升，愈升愈高，不一會兒工夫已經升到了雲端，剛好那人手中的繩子也用完了。

這時，他把兒子叫到身邊來，他說：「孩子，我老了，身體疲乏，上不去了，你替我走一趟吧！」接著就把繩頭交在兒子手上：「抓緊了就可登上去。」

這兒子接過繩子，臉上卻流露出爲難的神色：「爹爹眞是老糊塗了，這樣一條細細的繩子，就叫我爬上萬丈高天。假若爬到中途，繩子斷了，我掉下來可是會粉身碎骨的！」然而父親卻嚴厲地說道：「我已經出口答應人家了，現在後悔可來不及了，你還不代我去走一趟？別怕苦，若是能偷來桃子，官長必定賞賜百金啊！那時我就給你娶個漂亮的媳婦，快去吧。」

兒子無奈，一手拉住了繩子，慢慢地盤旋而上，雙腳也隨時向上移動，漸漸地便沒入了雲端，教人看不見了。等了好一會兒，天上突然掉下一個桃子來！大家撿起來看，那桃子有碗口那麼大！耍戲法兒的人很高興，用雙手捧著桃子，獻到大堂之上。堂上的官員們都來檢視，他們看了半天，也辨不清這桃子是眞是假。

這時，繩子陡然從天上落了下來，那耍戲法兒的人驚惶失措：「糟了！糟了！這可了不得了！天上有人把繩子砍斷，我的兒子可怎麼下來啊？」又過了一會兒，便有個東西掉下來，大家趨前一看，竟然是他兒子的頭！

這耍戲法兒的人捧著兒子的頭大哭：「這一定是偷桃的時候，被看守人抓到了！唉，我的兒子算是完了！」說著又嚎啕大哭起來！此時從天上又掉下來一隻腳，不一會，兒子身上的各部分肢體都紛紛落了下來。

那耍戲法兒的傷心欲絕，一一撿起來，都裝在一個箱子，然後蓋起來說道：「老漢就這麼個兒子，幾年來跟著我走南闖北。如今謹遵官長嚴命，沒料到遭此橫禍！說不得只得將他背回去安葬了。」

於是，他走上大堂，下跪哀求道：「爲了去偷桃，我兒子被殺害了！大人啊，可憐可憐小人吧，賞給幾個錢，也好收拾兒子的後事。將來我死了也會報答各位官長的恩情。」

堂上官員個個驚駭無比！紛紛拿出許多銀錢來賞他。他將所賞賜的銀錢都纏在腰上，便從堂上走下來，用手拍打著箱子，笑著說：「八八兒！還不趕快出來謝謝各位大人賞賜，這會子還在裡頭做什麼！」此時，那披髮小兒竟以頭頂開箱蓋，從箱子裡走了出來，並朝大堂上磕頭。

蒲松齡在故事結尾處說道：「這個戲法要得實在太神奇了！所以到如今我還印象深刻。後來聽人說起，白蓮教能變法術。我想，他們可能就是白蓮教的後代吧？」想來蒲松齡所生活的山東地區，當年有白蓮教等特異人士活動其間，也曾經爲當地人帶來許多出人意表的魔幻演出，增添了作家的寫作題材與靈感來源。

我就是雷神！——文學家的星際之旅

自古以來，人類就對著滿天的星斗，幻想出絢麗奪目的神話故事。同時又將大自然中的風雷雨電也蒙上一層夢幻的色彩。中國最偉大的奇幻作家蒲松齡，也讓自己的想像力飛上了彩雲間，他摘下星星給妻子，又與雷神並肩合作，解救大地上飢渴的百姓。這樣的故事，無疑將他的著作推上了嶄新的高峰！

從前從前，有兩個比親兄弟還親的小男孩，一位叫樂雲鶴，另一位是夏平子。他們兩個之所以關係親密，是因爲不僅從小一起長大，而且還做了同學。在求學期間，夏平子的成績特別優秀！僅僅十歲的年紀，就能寫詩，還能寫出好文章，於是地方上的鄉親們都傳頌著他的好名聲！樂雲鶴很羨慕夏平子，便虛心向他學習。

在夏平子悉心指導之下，樂雲鶴的成績也神速地進步了。於是地方上的鄉親父老們，又稱他們是一對小神童。然而好景不常，這一對好朋友在長大之後，竟然先後發生了不幸的事件。樂雲鶴在正式的考試中，名落孫山了！而夏平子卻得了一場重病，竟而撒手人寰！由於

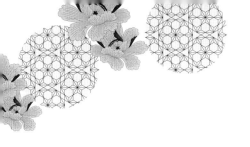

夏家非常貧窮，因此他的喪事便由樂家來操辦。

夏平子過世之後，樂雲鶴總是主動幫助夏家的人，特別是照顧夏平子的妻子和孩子，可說是不遺餘力！但是其實樂雲鶴的家產也不豐厚，因此往往在接濟了夏家之後，自己就入不敷出。樂雲鶴感嘆之餘，決定放棄讀書，前往外地去經商。半年之後，家境便慢慢地好轉了。

有一天樂雲鶴在金陵城的一家旅館裡看見了一個相貌很奇特的人！這個人的個子非常高，而且瘦骨嶙峋，卻又滿臉愁苦的樣子，獨自坐在旅館的角落，顯得魂不守舍。樂雲鶴主動上前與他攀談，但是這個人顯然不願意說話，因此一直表現得很沉悶。雲鶴又擔心這個人可能是餓了，因此將自己的飯菜送過來給他吃，沒想到這個人連筷子都不能拿，竟惡狠狠地用手抓飯吃！而且沒過多久，便將飯菜全吃光了！雲鶴看得出來這個人還沒吃飽，於是又向廚房要了兩份餐食，結果這兩份餐食又被那個人兩三下一掃而空。

接著，樂雲鶴又點了一大盤豬腳和許多個饅頭給那個人吃，就這樣那個人吃了好幾人份的食物，這才說：「吃飽了。」他很感謝雲鶴對他的招待，因為他已經有三年多的時間沒有好好地吃飽過了。雲鶴很好奇地問他：「壯士為何如此落魄？」這個人說：「我是個遭到上天懲罰的人。」雲鶴又問他：「你住在哪裡？」那個人說他：「從陸地上到水上，從這個村那個鎮，都沒有我的住處。」樂雲鶴因為經商的關係需要趕路，因此沒空一直陪著那個人，可是此人卻跟定了雲鶴。

雲鶴說：「我沒辦法帶著你趕路啊！」而這個怪人卻說：「先生將有大難！我跟著你是

爲了保護你，因爲你曾經讓我飽餐一頓。」雲鶴聽著雖然覺得古怪，但是還是讓這個人跟著自己，只不過雲鶴路上再請他吃飯的時候，這個人就什麼都不肯吃了！他對雲鶴說：「我一年之中，只吃幾頓飯。」

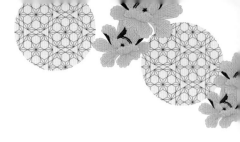

不久之後，他們二人乘船過江，卻在江上遇著了大風浪，船一翻，他們都掉進了江心，而這個怪人竟然就背著雲鶴從江底衝浪而出！並且讓雲鶴登上附近的一艘船，他自己再度潛入江中，將雲鶴的貨物盡數撈救上岸。雲鶴對他感激不盡！再細細地檢查自己的貨物，除了一支金簪子，其餘幾乎沒有損失，因此他認定這個人是個神仙！可是這個人卻又「撲通」一聲，迅速跳入江裡，大夥兒等了好久，那個人竟然拿著雲鶴的金簪上來，說道：「幸好找到了！」旁觀者俱都驚嘆不已！

事後帶著壯士回到自己的家裡，雖然壯士經常想要離去，但是雲鶴也一再熱情地款留。有一天下起雨來，雲鶴聽見天上傳來雷聲轟轟，他便感嘆地說：「那層層密密的雲裡不知道有什麼？而雷又長什麼樣子呢？」壯士在一旁聽見了，突然哈哈大笑地問道：「想到天上去逛逛嗎？」過了一會兒，雲鶴漸漸覺得身體疲乏，竟然不知不覺就睡著了！夢中他發現自己站在一團一團白白如棉絮般的雲朵間，身子搖搖晃晃，好像坐船一樣。

雲鶴此時睜大了眼睛看著身旁的星星，有的大小像酒罈，有的則像杯子，他伸手去晃動這些星星，大顆的星星似乎都很穩固，搖撼不動！但是那些較小顆的星星，甚至可以摘下來玩玩！樂雲鶴用力使勁，便摘下了一顆星星放在衣袖裡。接著他又好奇地撥開腳下的雲朵往下界一看，沒想到在銀河之上所看到的下界城市裡的點點滴滴，都像豆子般細細小小的，他

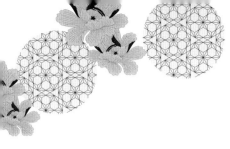

覺得害怕極了！害怕自己跌落萬丈深淵。

然而，更令人驚奇的事情發生了！遠遠的有一輛兩條青龍駕著的車子向樂雲鶴這個方向駛過來。龍車來到他的面前時，龍尾突然用力一甩！車子發出了巨大的響聲，同時車上有一個極大的器皿裡面充滿了水，此時車上突然跑下來幾十個人，他們一起將水舀出來灑向雲間！雲鶴發現一直跟在自己身邊的壯士竟然也在灑水者之列！而壯士卻向夥伴們介紹說：「這位樂先生是我的朋友，大家不要見外，請給他一個水杓，和我們一起舀水吧！」

因爲樂雲鶴的家鄉此時正遭逢旱災，幾乎寸草不生。於是樂雲鶴便跟著壯士以及衆人一起撥開層雲，奮力地舀水，然後向著故鄉的方位盡情地灑水！壯士對雲鶴說：「我就是雷神！」原來雷神曾經因爲下錯了雨，被處罰下凡三年，如今期限屆滿，祂必須返回天上了。而祂讓雲鶴回到凡間的方式也很特別，是拿一條極長的繩子，叫雲鶴抓著繩子慢慢往下降。雲鶴就這樣忐忑不安，悠悠晃晃地終於回到了地面上。至於那條繩子，在雲鶴回到地面之後，就立刻被收回了。

雲鶴回到家鄉時，看見村子裡的溝渠、小溪，以及小河，到處漲滿了水，而天空仍下著毛毛細雨，他興奮極了！一路跑著回家。

夜晚，雲鶴將小星星從衣袖裡拿出來給妻子看，妻子很喜愛！她對著星星梳頭髮，那星星卻像個小螢火蟲似的滿屋子飛舞，突然之間就鑽進了妻子的口中，妻子嚇了一大跳，卻怎麼樣也沒辦法將星星吐出來。樂雲鶴覺得此事很蹊蹺，當天晚上他竟然夢見了夏平子！夏平子說：「我是少微星下凡，從前你對我的好，我銘感五內，不敢或忘！這一次你又不經意地把我摘下來帶回凡間，讓我更感覺到我們兩個人的緣分不淺，所以我決定做你的孩子！報答你對我的深恩。」

不久之後，欒雲鶴的妻子眞的懷孕了，分娩時，滿屋星光璀璨！他們夫妻倆便給兒子取了個名字叫做：星兒。

星兒當然聰明！他可是從天上掉下來的星子啊！十六歲便一試中舉，可以想見未來前途一片光明。只是每當天空打雷的時候，不知道欒雲鶴會不會猛然想起他那位個子高大，又能夠翻江攪海、呼風喚雨的好朋友呢？

夏天降雪、男性生子、驚覺娶回家的老婆是男人！——蒲松齡對清初社會風氣的強烈批判

夏天突然降大雪！男人生下小寶寶！娶回家的老婆，怎麼會是個男人？天下事，無奇不有。或許蒲松齡當年在記錄這些奇聞異事的時候，心裡也難免帶著些驚恐與惶惑。只是，事隔多年之後，當我們再重新審視這些故事時，是否能夠從中解讀出新的意義來？

蒲松齡說：有一年，大約是八到九月之間，正值暑熱的蘇州，竟然下起大雪來！全城的老百姓在驚恐之餘，紛紛趕到大王廟去向神明祝禱。然而神明卻附身在某人身上，開口指責道：「你們如今稱呼老爺，都加個『大』字在前頭，現在是不是因爲嫌我這個菩薩等級太小，連個『大』字都捨不得加了！」群衆聽說以後，立刻齊聲高喊：「大老爺！大老爺！」說也奇怪，這雪就立刻停止了！

這麼奇怪的故事，究竟源自於怎樣的敘事背景呢？原來自從康熙二十二年起，那些考中舉人的讀書人開始被稱爲「爺」，而考上進士的人則在康熙三十年左右，俱被「提升」爲老爺，至於司部和院級的大官，更是直接晉升爲「大老爺」了！再者，從前只有官員的母親可

以被稱爲「太太」，而今可是一般官員和紳士的妻子，也都可以稱爲太太！

蒲松齡有感於世風變得多阿諛諂媚，因此寫下這篇故事，諷刺連神明也學會了那些官場上的浮誇習氣，凡稱「爺」者，都要進一步再加個「老」；這樣一來，那些原本稱「老爺」的，就得再加個「大」。再這樣發展下去，那「大」字之上，還能再造出個什麼尊稱來？就實在難以想像了！要知道，遠在唐朝那樣一個思想開放的年代，皇帝想要封一個人爲「大學士」，都還有人上奏說：學士是有的，但是自古以來並沒有所謂的「大學士」。可見清代官場的浮誇習氣，已遠勝於以往。

後來到了康熙四十六年，西元一七〇七年，歲在丁亥。那年六月初三，河南歸德府眞的在夏天裡，搓棉扯絮地降了一尺多深的雪，損壞了大量的禾苗。面對這樣怪異的天候，蒲松齡再度發出感嘆，說道：「可惜河南人不懂得巴結老天爺啊！要不然怎麼會降此災禍呢？」

康熙年間的怪現象，恐怕還眞不少！當時福建總兵楊輔，家裡有個男妾，懷胎十月之後，夢見神人將其肋骨剖開，取出一對雙胞胎嬰兒。男妾醒來之後，果然看見兩個男嬰在身旁啼哭。檢視自己肋下，果然有手術的痕跡！他將雙胞胎取名爲天舍和地舍。

這個故事也許反映了清朝許多士人好男風的現象。最有名的男同性戀文人即爲七旬老人袁枚，他與自己年輕俊美的愛徒劉霞裳出雙入對，共效于飛。《隨園軼事》記載：「先生好男色，如桂官、華官、曹玉田輩，不一而足。而有名金鳳者，其最愛也，先生出門必與鳳俱。」

至太平天國時期，諸王都好男風，尤其是東王楊秀清，其寵孌之多，不可勝數。其中具

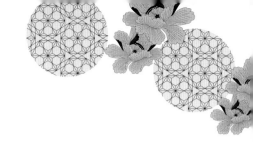

有姿色者，甚至傳粉裹足，穿著繡花衣裳。這也是男妾之風盛行的又一例證。

那麼究竟蒲松齡對於盛行的男風現象，有什麼看法呢？事實上他在《聊齋誌異》卷三〈黃九郎〉一文中，曾寫下有一段「笑判」：「男女居室，爲夫婦之大倫；燥濕互通，乃陰陽之正竅。迎風待月，尚有蕩檢之譏；斷袖分桃，難免掩鼻之醜。人必力士，鳥道乃敢生開；洞非桃源，漁篙寧許誤入？今某從下流而忘返，舍正路而不由。雲雨未興，輒爾上下其手；陰陽反背，居然表裡爲奸。華池置無用之地，謬說老僧入定；蠻洞乃不毛之地，遂使眇帥稱戈。繫赤兔於轅門，如將射戟；探大弓於國庫，直欲斬關。或是監內黃，訪知交於昨夜；分明王家朱李，索鑽報於來生。彼黑松林戎馬頓來，固相安矣；設黃龍府潮水忽至，何以御之？宜斷其鑽刺之根，兼塞其迎送之路。」

從上述這一段文字看來，蒲松齡對於男風，曾發出強烈的笑罵之聲！但實際上他看待「男美人」，卻又抱持著相當開放的態度，以及獨立審美的眼光。他說：有個官人在揚州買了個小老婆，那是個年約十四、五歲，精通各種手藝，容貌也非常漂亮的女孩。官人花了重金把她買下，沒想到晚上兩人上床，官人撫摸少女柔滑的肌膚，直到觸碰私處時，才驚覺發現他是個男的！

官人驚駭莫名！追問之下，才知道原來人口販子經常故意將俊美男孩打扮成少女來騙人。當官人再去尋找人口販子時，那販子早已杳無蹤影。官人懊惱之餘，碰巧遇見了一位浙江來的同學，官人便將此懊喪之事告訴同學，卻沒想到那位同學見到俊美的男孩，竟然十分高興！迅速以原價將他買下。

蒲松齡於是感嘆道：這是那人口販子太無知了！俊美男孩倘若遇到眞能欣賞他的人，又何須打扮成女子呢？

以上三篇小說，表面上看似怪誕，實際上都反映了清朝初年的社會現況。包含官家稱謂的變化，與感情世界裡性別意識的扭轉。蒲松齡見微知著，藉由荒誕的劇情寄託他對當時社會風氣的看法，從而折射出一位教書先生內心的憂慮與定見。

時事新聞編入小說題材——蒲松齡遇見從臺灣來的荷蘭人

狐狸精的故事，在我們的耳畔迴響了千年之久。她們的妖嬈嫵媚、風流多情，在許多篇章故事裡留給世人深刻的印象。自從唐傳奇塑造了堅貞聰慧的女狐以來，《聊齋誌異》的作者蒲松齡可謂挖空心思，希望能夠後來居上，超越唐宋傳奇的纏綿情調，在女狐題材上另闢蹊徑。

於是他寫下了一段狐女郎的空中妙音，除了與之相戀的情人書生之外，誰也看不見她的身影。雖然看不見，卻能聽得分明。這就有點教人心癢難撓的味道了。而且，這隻女狐狸還是隻很愛說故事的狐狸！她動不動就講個笑話來諷刺人，簡直是個女諧星！

蒲松齡寫下這篇〈狐諧〉，可謂打破了傳統痴痴戀戀的人狐情愛傳統，男女主角的聚合，頗符合現代人速食愛情的調性，兩情相悅的感情生活中，又鋪陳了許多朋友們聚會吃吃喝喝、遊戲調笑的場景。直到兩人分手，都帶有新時代年輕男女的明快作風，教人不得不為之喝采！

最有趣的是，男主人公是因爲害怕與「人」相處，於是選擇遠走他鄉，卻不料在異地認識了狐狸小姐，不僅不怕她，而且分外喜愛她。這恐怕是作者對人性最大的諷刺！

故事是這樣說的，萬福是個山東人，從小就喜愛讀書。家裡頗有些資產，只可惜他考試運氣不佳，直到二十多歲，還考不上秀才。

按照鄉里的習俗，里長往往是由富有人家擔任。然而實際的情況是，許多老實厚道的人，做了里長之後，經常爲了公衆的事務，最後落得傾家蕩產！因此，這一年，當萬福被推選爲里長的時候，他便害怕得逃走了。

他獨自一人，跑到了濟南，暫時住在一間旅館裡。第一天夜晚，就有一位陌生女子來找他。這女孩長得非常豔麗！萬福高興地留她過夜。然而美麗的女子也爽朗坦白地說道：「我是一隻狐仙，但是不會害你。」

萬福其實一點兒也不害怕，反而很開心。然而那女子又叮囑他：「千萬不要和別的客人同住！」萬福答應了。於是狐狸小姐每天晚上都來與他同榻共枕。此後凡是萬福的日常生活所需，也都由狐女郎供應。

不久之後，萬福在濟南也認識了幾個朋友，他們有時前來拜訪，竟玩鬧得通宵達旦，徹夜不歸！萬福對他們十分反感，又不好意思趕他們走。最後不得已，只好將實情和盤托出。

那些客人聽萬福如此說，更樂得一睹女狐仙的尊容！至此，萬福只好去拜託狐女，狐女遂隔空喊話道：「見我做什麼？我不過就像你們普通人一樣啊！」聽她的聲音，就像在眼前一樣！然而，衆人向四處張望，又都不曾看見任何影子！

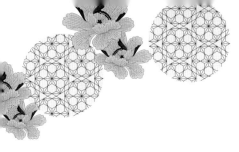

客人中有一個名叫孫得言的，特別愛開玩笑，他一再地糾纏、請求與狐女郎相見，還很肉麻地說道：「聽到妳如此甜美的聲音，讓我魂牽夢縈啊！妳怎麼這樣吝嗇？使人徒惹相思啊！」

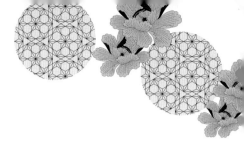

女狐仙可沒有上他的當，她笑了笑，說：「乖孫子，那麼希望見到我，是想為你高曾祖母畫行樂圖嗎？」說得衆人都狂笑不已！

狐女又接著說道：「我是隻狐狸，就為你們說個狐狸的故事吧，大家可樂意聽嗎？」衆人連聲答應：「願意！願意！」狐女便說道：「從前從前，某個村子的旅社裡，一直住著很多狐狸，還不時地出來危害旅客呢！客人們知道了，紛紛互相告誡不要住這家旅店。因此，不到半年，這家旅社的生意就十分蕭條了。

那店主十分憂心！生平總是很忌諱人家說狐狸。有一天，旅社裡來了個遠方的客人，自稱是外國人，登門要求住房。店主人自然十分高興，立刻請他入住到最好的套房。

但是不久之後，便就有人暗暗告訴這位外國人士：『這家旅社有狐仙。』客人聽說後，感到非常害怕，向店主人要求退房，想到別處去投宿。主人極力辯駁，他說：『那些人是在胡說！』這位客人才又勉強繼續住了下來。

客人剛進了屋，想要睡一下，忽見一群老鼠從床上跑出來。客人大為駭異！急忙奔出店門，大聲叫道：『有狐狸！』主人吃驚地問：『在哪兒？』客人埋怨道：『那裡頭有個狐狸的窩，怎麼還騙我說沒有？』主人又問：『你看到的狐狸是什麼樣子？』客人回答道：『小小的，一個一個到處跑！不是狐狸兒子，就是狐狸孫子！』」

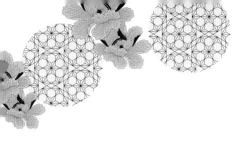

這故事一說完，滿屋裡的客人們又是一笑！

在通篇故事中，女狐笑話連連，讓萬福的客人們嘖嘖稱奇！其中有一對姓陳的兄弟，哥哥叫陳所見，弟弟叫陳所聞。他們惹得女狐仙又說了一個故事：有個荷蘭紅毛國的國王看見中國來的使臣騎著一頭騾子來，於是問道：「這是什麼？」那使臣告訴國王：「這是馬所生的。」國王吃驚不小！大臣進一步解釋道：「在中國，馬生騾子，騾子生駒。」國王又問：「牠們是什麼模樣？」使臣回答道：「馬生騾子，是臣所見。騾子生駒，是臣所聞。」話一說完，萬福的客人們又是舉座一陣大笑！因爲女狐仙暗暗地把陳所見和陳所聞這對兄弟給罵了一頓！於是人人都嘆道：「眞是鬥不過她！」

幽默大師林語堂曾說：「幽默來自self-confidence和taking things easy。」蒲松齡筆下的狐仙正是一位很有自信，而且演說故事從容自若的女士，因此她可以輕輕鬆鬆地說出接二連三的笑話，將一群無聊登徒子玩弄於股掌之間。而且我們發現女狐所講的故事都極精簡，不拖泥帶水，也總是在恰到好處的笑點上收尾。這也很符合林語堂對「幽默」的定義，有一回他應邀參加某學校的畢業典禮，當時每一位嘉賓上臺講話，都說得極冗長且論調沉悶，直到林語堂上臺，他便即興地講道：「紳士演講當如淑女迷你裙，短爲佳。」狐仙的幽默每每惹得在場一片會心的哄堂大笑，其祕訣就在於篇幅精煉，而且說故事的人本身自信滿滿，輕鬆自在。

此外，蒲松齡在這篇小說中還提到了「荷蘭紅毛國」，令我們不禁好奇，蒲松齡的國際視野從何而來？事實上，根據《明史・荷蘭傳》以及《清史稿・邦交志》的史書記載：自明代萬曆年間中期開始，荷蘭的海上商船艦隊便與中國互通往來。一直到晚明崇禎年間，荷蘭人因明朝積弱，便先後侵擾了澎湖、漳州、臺灣，以及廣州等地。他們強求在這些地方通商，但是遭到地方官員的驅逐。惟有在臺灣，荷蘭人以武力占據，至清初順治年間，始提出與清政府建交的要求，又在康熙二年派遣使節入朝。然而不久之後，清廷便下令施行海禁。一直到康熙二十二年，荷蘭人自稱幫助清廷剿伐鄭成功父子有功，再度請求解除海禁以進行通商，清廷這才答應對荷蘭人開放貿易。而蒲松齡正是在這段時間點上寫作的，因此他將當時的時事新聞編入小說題材，增加了《聊齋誌異》的國際視野。

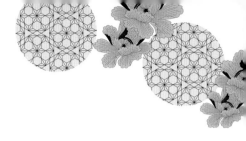

事實上，除了這篇〈狐諧〉提到了荷蘭紅毛國之外，《聊齋誌異》裡還有一篇〈紅毛氈〉，直接為讀者介紹了當時自詡剿伐鄭成功有功，康熙皇帝特准其在中國通商貿易的荷蘭人。而且很明顯的是，在蒲松齡生活的年代，這些從臺灣來的荷蘭人，顯然都充滿了傳奇的色彩！

故事是這樣說的：紅毛國，過去原本是可以與中國通商貿易的。可是因為邊防的主管們見他們上岸人太多了，於是禁止他們成群結隊地登岸。那紅毛國的人便再三請求，說道：「我們不需要很大的地方，只要賜給我們一塊毛氈大的地方，我們就滿足了。」那邊防元帥心想：一塊毛氈能夠容納多少人，於是就答應了。可是沒想到紅毛國的人先把毛氈鋪在岸邊，起初只能容納兩個人，然後他們輕輕把毛氈抖一下，頃刻就能容納四到五人。接著他們就一邊抖著毛氈一邊讓船上的人源源不絕地登陸上岸。最後毛氈擴大到整整一畝地那麼大，那毛氈上已可容納好幾百人。這幾百個紅毛國人上岸後，紛紛抽出短刀，連續搶奪了方圓好幾里地方的財富，方才離去。

蒲松齡一生絕大多數時間都待在山東淄博，他筆下的靈異傳奇，很多都是他熱心蒐集來的民間傳說。從〈紅毛氈〉一文看來，在蒲松齡生活的年代，一般鄉間老百姓對於海上的荷蘭商隊，還是存在著不可言喻的恐懼與威脅。

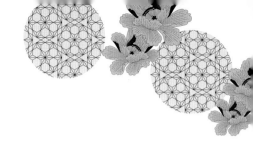

喝酒喝出學問來！——《聊齋誌異》飲酒樂

山東有個老劉，很愛喝酒，長得又胖！每次一個人喝酒就能喝掉一大罈！因為他家蠻有錢的，光是肥沃的良田就有三百畝，所以家人都不怕他花錢喝酒。

有一天來了個西域的和尚，他看出老劉身上有怪病，但是老劉堅持不相信：「我就是沒病！」但是那和尚卻說：「有，你有病，你的肚子裡有酒蟲！」老劉大吃一驚！趕忙問和尚說：「這病能醫治嗎？」和尚說：「可以。而且不必用藥。」他將老劉全身捆綁著，趴在床上，然後在他頭部的前方盛上一壺好酒，老劉嗜酒如命，如今看得到酒卻喝不到，委實難耐！過了不久，酒香竄入他的咽喉，喉嚨開始發癢，而且越來越難受，終於嘔出了一條不知名的東西，而且直接鑽進了酒壺裡。和尚將老劉鬆綁，他們一起往壺中觀看，發現是一條三吋長的紅肉，連眼睛、口鼻都沒有，只是在酒中蠕動著。

老劉想用重金酬謝這位和尚，但是和尚什麼都不要，他說只想要老劉把這隻蟲子送給他。老劉不明白這位和尚要蟲子有何用？那和尚卻說：「你不懂，這可是酒中的精靈啊！

只要將牠拌入清水，徐徐攪動，清水就會變成一罈美酒的。」老劉不相信，即刻叫人來做實驗，沒想到眞的得到了一罈好酒！只不過他現在一點酒興也沒有啦！而且人也日益消瘦下來，最可憐的是，他的家境竟然因爲酒蟲的離開，而逐漸變得貧窮不堪了！

酒蟲或許根本不是老劉的病，而是老劉的福氣。一旦酒蟲離開了身體，他的福氣就消散了。我常想蒲松齡可能也很愛喝酒，於是藉由老劉與酒蟲的故事，半開玩笑地告訴我們，每個人都有他自己的生活方式，也許別人覺得喝酒不好，但是老劉已經習慣了這樣的飲酒模式，突然之間抽離這個習慣，也許對他反而不好。

另一個關於飲酒的故事主角是滕縣人趙旺，他們夫妻二人又吃齋又念佛，是鄉里的大善人。趙旺的家境還不錯，而且有個女兒名字叫小二，不僅聰明，長得還很漂亮！小女孩六歲那年，和哥哥長春一起去拜師讀書，僅僅五年的光陰，就已經熟讀群經。當時私塾裡有一位少年名字叫丁紫陌，長得風流瀟灑，又才華洋溢！紫陌與小二墜入了愛河。可是趙旺不接受丁家的提親，因爲他一心想把獨生愛女嫁入豪門。

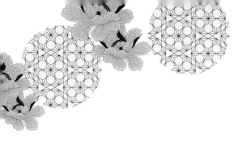

後來趙旺受人迷惑，竟然加入了白蓮教，而且追隨教主徐鴻儒造反，結果一家都成了反賊。相傳白蓮教的教徒是會施行法術的，就在教主挑選美麗的少女以傳授法術的時候，小二雀屏中選了！從此以後，不僅小二學會了法術，連趙旺一家人都得到了賞識和提拔。

這時紫陌已經年滿十八歲，家裡的人希望他趕緊結婚，可是他就是不願意，因爲他一直愛著小二。於是他決定也投靠白蓮教，這樣就能夠親近小二了。後來紫陌的深情打動了小二，他告訴小二：「我進入白蓮教，並非相信法術，也不是有什麼野心想要晉升。我這麼做，完全都是為了妳。妳是個聰明人，怎麼會為了這些旁門左道的妖術所迷惑呢？跟我一起走吧！」

起初小二不願意背棄父母，於是他們雙雙來到趙旺夫妻的面前極力勸說。無奈趙旺執迷不悟，眞以為白蓮教的教主是天降神人。小二於是喬裝打扮，用剪刀裁出兩張紙鷂來，她和紫陌各騎一隻。說也奇怪，這一雙鷂子竟然展翅高飛！將他們兩人帶到了萊蕪縣，然後小二用手指揉搓鷂子的脖子，那鷂子便收起翅膀降落了。

小二收起紙鷂，又剪了兩頭驢子，他們就騎著驢子逃亡到山谷裡，在那裡租了間房子，靠著小二典當首飾維生。平常閒著沒事，他們就靠回憶書中的典故來比賽，記性好的人贏了，就可以打輸的人手心。

後來小二發現他們家隔壁的鄰居，是個江湖上退隱下來的強盜，於她對紫陌說：「我有辦法叫他高高興興地拿出千兩銀子來給我們。」接著小二就用紙剪了一個判官，將判官放在籠子裡。然後他們二人便翻開《周禮》來玩行酒令的遊戲。這個酒令是這樣的：先隨便說出第幾冊第幾頁和第幾人，然後一起翻書，翻到那一個段落，如果那個人的官銜是「食」字旁、「水」字旁或「酉」字旁，他們就飲酒一杯。如果這個人的官稱正好是「酒」部，那就可以加倍地飲酒。

結果小二翻到的正是「酒」人，那紫陌連忙斟滿一大杯酒，催小二乾了！小二在飲酒之前，雙手合十祈禱：如果我向隔壁鄰居借到了錢，紫陌就會翻到「飲」字部。結果紫陌翻開書本一看，是「鱉飲」！原來「鱉飲」是很奇怪的飲酒遊戲，因為要拿繩子綁著紫陌的身體，讓他像鱉一樣伸著頭喝酒。而「鱉」這個字又不屬於食、水、酉三個部首，所以小二當場笑倒在紫陌的懷裡，還把酒灌到紫陌的口中，開心地對他說：「是飲字部！我們的事成了！」

正說到開心的時候，地上的籠子裡竟然發出了「嘎嘎」的聲音，小二過去看，然後回頭對紫陌說：「錢來了！」他們翻開籠子一看，果然底下滿滿都是銀子！隔天他們得知，鄰居家的主人昨晚剛回到家的時候，地板突然裂開，那個大洞深不見底！然後從地底下走出一個判官，那判官對鄰居家的主人說：「我來自陰間，是陰曹地府的屬官，陰間造了一個惡人的名單，而你的名字就在名單上。不過，也不是沒有解套的辦法，現在地府需要一千盞銀燈，每一盞燈需要銀子十兩，只要你供奉一百盞以上，就可以免除罪過。」想當然，鄰居的主人隨即又燒香又磕頭，歡歡喜喜地拿出了千兩白銀。

有了這筆錢，小二與紫陌的生活變得富裕了，他們接連買了牲畜、奴僕，甚至於蓋了一幢新房子。可是很不幸的，因爲他們家突然富裕起來，卻引來了附近人家的覬覦。不久之後，一些無賴漢便結夥來搶劫他們家，當時強盜們來勢洶洶！在半夜裡，趁小二夫婦熟睡的時候，他們一伙人上前綁住了紫陌，並有兩個強盜想對小二非禮！小二裸著身體，站起來，伸出食指，一邊說道：「定！定！」這十三個強盜登時就像被點了穴一樣，瞠目結舌，動彈不得。

小二趕緊穿上衣褲，從床上跳下來，呼喚家丁們進來，將強盜都捆綁起來。然後數落這些鄰居們：「我和紫陌是逃難之人，你們這樣欺負落難的人，豈不是太可恥了！算了，今天

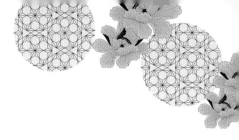

還是放你們走吧，如果敢再犯，我絕不寬貸！」這些強盜們紛紛磕頭感謝小二的寬宏大量。

不久之後，有消息傳來：白蓮教教主徐鴻儒已經被官府捉拿歸案。小二打聽到她的父母以及兄長都被處死了，於是讓紫陌帶著一些錢去將哥哥的獨生子贖回來。從此他們夫婦倆便撫養了這個孩子，視如己出。而這個村子裡的人，也才發現小二夫婦與白蓮教的關係很密切。當時村莊遭受蝗蟲災害，農作物損失慘重！小二便用剪刀剪出好幾百個紙鷂，並將它們都放到田地裡，因此小二的莊稼沒有受到災害。

沒想到村人因嫉妒小二，便到官府去控告這對夫婦是白蓮教的餘黨。而官府裡的官差又因爲見到他們夫婦倆非常有錢，因此二話不說，將紫陌羈押監牢裡，並且趁機索賄。小二不得已，破財消災，送錢給官府，才將紫陌救出來。事後小二感嘆這裡人心險惡，因此變賣家產，舉家搬到益都的郊區。

重新立足後，小二開了一家琉璃廠，憑著她聰明靈巧的生意頭腦，又請來工匠製作出各式各樣美麗的琉璃燈，爲他們賺進了一大筆財富！因此這對夫婦又回到了他們往昔最喜愛的生活方式：品茶、下棋，還有讀書。他們對工廠的工人，以及家裡的僕人，俱都賞罰分明，而且也經常周濟村子裡的窮人。也因爲他們的樂善好施，這村子裡有兩百多戶人家，但是竟沒有一個遊民。

有一年遭逢旱災，小二便搭起了祭壇，腳踏巫師的步法，說也奇怪，天上便降下了甘霖！其實很多人都在背地裡議論著小二的美貌，只不過在她的面前，誰都畢恭畢敬，不敢造次。到了秋天，她帶著城裡的小孩子們去鄉野間，採集很多野菊花和野蒿菜，多到塡滿一幢又一幢樓房，大家都不解這是何意？

結果第二年村子裡遭逢了饑荒！嚴重到人吃人的地步！結果大家都靠著這些野花和野菜保住了性命，沒有一個人流亡在外。

這故事裡的小二，實在是聰明又能幹的人物！她因爲當初受到紫陌的開導，才沒有誤入歧途。可見聰明的人也許很多，但卻不是人人都能走上正途，做到己立立人，己達達人。至少當初和小二一起追隨教主學習妖術的人，後來可能都已經死於非命了，而獨有小二能得到福報。因此我們選取人生道路時，豈能不愼重？而「心存善念」與「寬大爲懷」雖然是老生常談，但這個故事充分地告訴我們：唯有正直的道德觀與行事準則，才能讓我們在漫漫的人生道路上，走得既長遠又穩健！

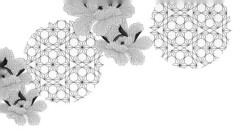

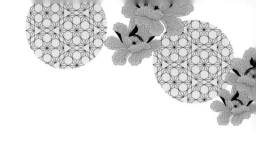

閻王易見？——來自地獄的容顏

有句俗話說：「閻王易見，小鬼難纏。」究竟閻王長得什麼樣？有誰見過？這是個有趣的問題。德國大文豪歌德的名著《浮士德》，書中一等一的大魔鬼竟然是個身軀瘦弱，微微駝背，還有著鷹勾鼻的男子！他的臉上時常浮現嘲笑的神情，而當他要與浮士德簽訂契約時，則是變身成為西班牙貴族的可愛模樣。歌德這樣描寫一個魔鬼，已經到了令人莞爾的地步！若是再看看蒲松齡的筆下的閻王形象，恐怕要令人更加大跌眼鏡了！因為那相貌實在太平凡。原來閻王也會偷吃別人的東西，而且模樣平庸得就和一般基層小官沒什麼兩樣！然而仔細想想，這樣逆向操作的寫法，應該也給讀者帶來了意想不到的閱讀趣味吧！請看一下兩則故事：

靜海有一位姓邵的窮書生，他在母親生日的時候準備了一些供品來上壽，結果磕了頭起來，供品卻全都消失了！書生告訴母親這件詭異的事情，沒想到母親卻懷疑起兒子來，以為兒子其實根本沒有買供品，所以說謊騙母親。

不久之後，考試的日期到了，書生就去借了一點錢當路費，不久之後，在路上遇見了一個怪人，這個人在路旁恭恭敬敬地等候他，而且還很客氣地請書生到他家裡去作客。書生來到他家之後，發現這個人的門庭非常高大！在殿堂樓閣之上竟然還端坐著一位大王！書生便上前對這位大王禮拜磕頭，大王開口說道：「前些天，我路經貴府，手下的人飢渴難耐，我們吃了你的好酒菜呀！」書生聽不懂大王的意思，那大王又繼續說道：「我乃是地獄第四殿的閻君。你忘了上回給你母親過壽時，酒菜憑空消失的事情了嗎？」

後來，閻君給了書生一包銀子，並且說道：「這一點小錢，就當作是我的報答吧。」書生接過錢，再一回頭，所有的亭臺樓閣、閻王小鬼，全都不見了！又看看自己手中的銀子，足足有五兩重，他立刻收拾行囊前去考試，途中只花費了一半，回家之後就將剩下的銀子，孝敬了母親。

另一個故事是說：有個巡撫的父親先前在南方做官，不過如今已經去世了。

某一天夜裡，巡撫的父親托夢來訴苦：「我一生沒有犯罪，就是當年從事邊防軍務，錯派了一支軍隊入海，結果遇上海賊，使得軍隊全軍覆沒。這些冤魂最近都到閻王那兒去告我，地獄裡的刑罰太殘酷！我恐怕忍受不了。明天有個押送糧草的官員姓魏，他會來找你，但其實他就是閻王！你務必要替我苦苦哀求他，千萬別忘了！」

巡撫一覺醒來，回想起夢中的情境，深感懷疑。想要倒頭再睡一會兒，沒想到他父親又來了！而且再三叮囑，一定要他按照父親的要求去辦事。老父說：「父親我如今大難臨頭，你還懷疑什麼！」

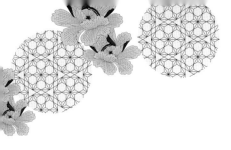

第二天，巡撫刻意留心公務，果然在運送糧草的隊伍中，發現了一位姓魏的官員。巡撫立即傳話，叫他上前來拜見。魏姓官員按照拜見長官的禮節向巡撫跪拜，接著巡撫便跪下來向魏姓官員訴說自己昨夜的夢境。可是魏姓官員堅持不承認自己是閻王，巡撫便長跪不起。魏姓官員只好承認：「是的，我就是閻王，可是我們陰間的法律不像你們人間這樣可以上下其手，串通舞弊，所以令尊的事情，我恐怕幫不上忙。」

可是巡撫大人為了自己的父親，鍥而不捨地苦苦哀求，魏姓官員只好答應了。巡撫便命人打掃一間安靜的客房，讓魏姓官員審案。巡撫大人還要求魏姓官員讓他觀看審案的過程，魏姓官員便再三叮囑道：「審訊過程中，無論你看到什麼，都千萬別出聲。就算是你父親被處置了，看起來像是死了，其實也並沒有死。絕對不要大驚小怪！」

當天夜裡，巡撫大人隱身在審訊室的一個角落裡。那些被審訊的犯人有些上了斷頭臺，有些被當場折斷了手臂等等，現場還有一口熱滾滾的油鍋，看得令人怵目驚心！這時魏姓官員穿著朝服走上前來，他的神情和白天竟大不相同，看來威風凜凜、神氣十足！底下那些受刑的鬼魂紛紛向他喊冤訴苦！魏姓官員便開口問道：「你們這些人都是被海賊殺死的，所謂冤有頭債有主，為何要在此誣告別人？」

這些冤魂們便齊聲回答：「我們都是因為某官員錯誤的調派，才會死在海上的！」他們的哀嚎聲哭成一片！魏姓官員十分無奈，只好說：「來人啊，將那個發出錯誤派令的官員，放到油鍋裡稍微炸一下就好了……。」當場就有兩個惡鬼將巡撫的父親用鋼叉叉起來，丟進油鍋裡！巡撫大人此時痛心不已！不由得大喊一聲！突然之間，屋子裡一片寂靜，一切都在瞬間消失了！

天亮後，有人向巡撫報告：那魏姓官員已經死在客房裡了。

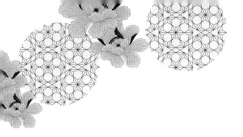

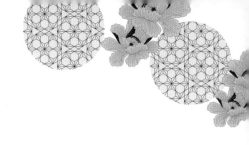

曹操面目何在？

——從《聊齋誌異・曹操塚》發掘一個歷史大課題

曹操陵墓的開掘，一直是近年來考古界的大新聞。相關報導中指稱曹操之墓，史稱「魏高陵」，它的確切位置學界衆說紛紜，直到二〇〇九年底，河南省文物局才正式宣布，魏高陵已經考古確認出土。然而此後，有關單位仍然陸續面臨著各種質疑的聲浪。

有趣的是，清代初期的作家蒲松齡早在三百年前，已於他的名著《聊齋誌異》裡，提到當時在河南許昌縣，有人無意間發現曹操墓塚的事蹟。

許昌是東漢末年群雄逐鹿的所在地，也曾是曹操迎漢獻帝劉協之處，此地因而成爲東漢的首都。究竟曹操塚是怎麼被發現的？裡面又暗藏了什麼樣厲害的機關呢？

故事是這麼說的：許昌城外有一條水流湍急的大河。這條河不僅水勢波濤洶湧，而且流經一處懸崖，這懸崖邊的河水，顏色異常深黑！

有一年盛夏時節，城裡有人從此處跳進河裡，想要游泳和洗澡。忽然之間，就像是被刀斧斬斷一般，他的身體當場截爲兩段！又像是被人抛出來似的，斷成兩截的身體遂浮出了水面。

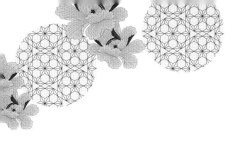

後來又有一個人也如此這般地，在跳進河裡的瞬間，就被砍成兩截。一時間，城裡人們議論紛紛，人人深感驚訝！

縣令聽說了這件事之後，立刻派人截斷了河水的上游，待剩餘的水排除乾淨之後，眾人便看見崖岸底下有一個深不見底的黑洞。

奇怪的是，這黑洞的洞口竟然安裝著一個轉輪，而且轉輪上排列著一圈鋒利無比的刀刃！

縣令詫異之餘，命人拆掉轉輪，再派一個衙役深入洞中。這衙役在洞裡發現一塊小石碑，那碑上刻寫著漢代的篆體字。經過縣令仔細地辨認之後，他告訴眾人：這是曹操的墓。於是進一步將石碑底下的棺材敲碎，頓時腐骨散落，那殉葬的金銀財寶也在當時全被掠奪一空。

蒲松齡撰述這篇小故事，其實背後隱含著巨大的歷史文化背景。大約是在唐朝以後，曹操的多疑性格與奸雄形象，逐漸在世人心目中定型。大名鼎鼎的北宋文人蘇東坡在《東坡志林．塗巷小兒聽說三國語》中回憶民間小孩子聽三國故事的情況：「塗巷中小兒薄劣，其家所厭苦，輒與錢，令聚坐聽說古話。至說三國事，聞劉玄德敗，顰蹙有出涕者；聞曹操敗，即喜唱快。」於此我們可以發現，至兩宋時期，民間「擁劉反曹」的歷史情緒已經確立。此後逐漸發展出曹操有「七十二疑塚」的說法，甚至演變到後來，出現了連曹操的墓竟能瞬間殺人的詭異故事。

究竟曹操的人格形象與歷史定位，在唐、宋之交，發生了哪些重大轉折？導致人們對他的觀感，出現逆轉。我們可以循著史書的線索，來進行一番梳理。大體而言，在唐朝以前，曹操可說是一個守正剛毅之士。東漢末年著名的人物評論家許劭曾說曹操是：「治世之能臣，亂世之奸雄。」這句話裡，並未指稱曹操是「奸賊」。中國文字一字之差，其含義不可以道里計。所謂「治世之能臣」，是說曹操具有中國文人士大夫治國平天下的傳統志向；至於「亂世之奸雄」則是指出曹操善於以詭譎計謀用兵作戰，不僅能橫槊賦詩，還能充分展現在戰場上變幻莫測的軍事智慧。事實上，從《魏書》到《全唐文》，都有文章稱讚曹操「德義兼具」、「乘漢俗」、「有至政」。

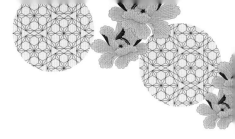

至於曹操「奸賊不仁」的形象，始於宋朝。首先是學者的評價影響了一般人對曹操的看法，例如：宋人葉適、洪邁分別在《習學記言》、《容齋隨筆》中，指其：「奸賊不仁」、「爲漢鬼蜮，君子所不道」。到了元代，陶宗儀的《輟耕錄》引宋人俞應符〈題曹操疑塚〉詩云：「生前欺天絕漢統，死後欺人設疑塚。人生用智死即休，何有餘機到丘壟。」這首詩是所謂「七十二疑塚」說法的開端，其背後的思想正是指涉曹操是個詐欺多疑之人。在宋、元士人的影響下，許多戲曲、話本等俗文學也開始將曹操設計爲奸雄的形象，隨著大衆通俗文學愈趨深入民間，因此形成了世人對曹操的刻板印象。

根據《太平御覽》的引述，隋代曾有一齣傀儡戲，演的是《曹瞞浴譙水擊水蛟》的故事，內容指稱曹操「幼而智勇。年十歲，常浴於譙水，有蛟逼之，自水奮擊，蛟乃潛退。於是畢浴而還，弗之言也。後有人見大蛇，奔逐。太祖笑之曰：『吾爲蛟所擊而未懼，斯畏蛇而恐耶？』衆問乃知，咸驚異焉。」從上述這齣戲，我們可以窺知隋唐時期的俗文學題材中，曹操所呈現的是英勇少年的美好形象。然而到了兩宋時期，許多勾欄瓦肆裡每每以「說三分」來娛樂大衆。除了書場之外，宋代民間戲臺上還常常可見以皮影戲表演三國故事，而此時，小說、戲文已將曹操刻劃爲負面的形象。

到了明代，著名小說家馮夢龍在《古今譚概》中記載了一則〈一瓜殺三妾〉的民間故事：「曹操宴諸官於水閣。時盛夏，酒半酣，喚侍妾用玉盤進瓜。妾捧盤低頭以進，操問：『瓜熟否？』對曰：『極熟。』操怒，斬之，坐客莫敢問故。操更呼別妾進瓜……復斬之。再呼進瓜，無敢前者。一妾名蘭香，操所深昵，衆妾皆遜之。香乃擎盤齊眉而進。操問曰：『瓜味如何？』曰：『甚甜。』操大呼：『速斬之！』坐客皆拜伏請罪。操曰：『公安坐，聽訴其罪。前二妾吾斬之者，久在承應，豈不知進瓜必須齊眉而捧盤耶？及答吾問，皆開口字，斬其愚也。蘭香來未久，極聰慧，高捧其盤，是矣；復對以合口字，是知吾心。吾用兵之人，斬之以絕其患。』」

在上述明代小說裡，曹操實在是殘忍無道的代表。不僅如此，當時更有一齣大文人徐渭寫的戲，名爲《狂鼓吏漁陽三弄》，這就是大家熟知的彌衡裸體擊鼓罵曹操的故事，其本事出自范曄的《後漢書・文苑傳》。而這齣戲影響久遠，直到今天，我們還能在京劇裡看到《彌衡罵曹》。當然明代還有羅貫中的《三國志通俗演義》，這部小說還被人概括成一部對曹操極具有殺傷力的「謗書」！

曹操七十二疑塚的傳說與其多疑狡詐等負面形象的確立，與宋代詩文、戲曲小說，有著密不可分的關係。其背後的思想立基點在於宋、元之間的精英士大夫首重儒家政治倫理，因此對於權臣把持朝政，操弄權柄，極為反感。曹操曾經挾天子以令諸侯，這是犯了政治倫理綱常的忌諱。同時，自宋、元以降，乃至於明、清，國勢的盛衰，既與權臣弄奸有關，又與異族之間的戰爭，以至大臣媚事敵國等複雜情況，密不可分。曹操的奸臣定位，便在此夷夏觀念反覆辯證中，一再被強化。

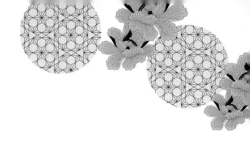

事實上，曹操的墳墓所在地，包括喪葬規格等，在他本人生前，都是公開的事。《三國志》記載曹操遺言：「古之葬者必居瘠薄之地，其規西門豹祠西原上為壽陵，因高為基，不樹不封……其公卿大臣列將有功者，宜陪壽陵，其廣為兆域，使足相容。」因此，曹操的墳墓就在曹魏鄴城西門豹祠的西邊，地勢較高的平原上。此地點又可以在距離三國時期不遠的南朝蕭梁時代任昉的《述異記》，以及北齊《宋買等造天宮石像碑》等著述中，得到印證。而《晉書》也記載了魏文帝曹丕以「先帝儉德之志」，依照曹操遺願予以「薄葬」，並未有設置疑塚，甚至於埋下機關殺人的說法。不過，《三國志．袁紹傳》曾記載，曹操親自盜挖西漢梁孝王的陵寢：「操率將校吏士親臨發掘，破棺裸屍，略取金寶，至令聖朝流涕，士民傷懷。」「又署發丘中郎將、摸金校尉，所過墮突，無骸不露。」則曹操既然曾經犯過盜墓大案，那麼也就使人聯想到他會擔心自己的墳墓不保。這或許正是七十二疑塚說法的直接緣由。

《聊齋誌異》裡，有關曹操疑塚埋設機關殺人的故事，其實存在著漫長的歷史時空背景，以及深刻的文化思想意涵。而曹操是歷史上最富爭議的人物。他是治世之能臣，也是亂世之奸雄。他是古代傑出政治家與軍事家，同時也是中國「四言詩之雄」的文學大家！從現實人生到戲曲舞臺，多少滄桑歲月度過，曹操面目何在？考驗的是我們的閱讀視野夠不夠廣？以及評判歷史的獨到眼光。

霜露雲霧雨雪雹雷——明末清初的氣象知識與奇幻想像

上回我們講過一個關於雷公的故事，其實關於這類題材，還可以講述很多續集。而這些精彩有趣的小故事，充分反映了蒲松齡寫作的年代，山東一帶民間傳說對大自然現象的玄幻想像。那故事中濃厚的人情味，也是長期以來農村百姓的心理投射。因此《聊齋誌異》不僅是文學，同時也是人類學與社會心理學的重要史料。

據說安徽王從簡，他的母親獨自住在家中。有一天，屋外細雨綿綿，在昏暗陰沉的天空，陡然顯現雷公的影像！雷神手持大槌，張開閃亮亮的巨大翅膀，作勢要飛進屋子裡來。王從簡的母親立刻抓起屎尿盆子潑向雷公！雷公被尿液潑得滿身污穢！像是被刀劍砍得重傷一般，深受打擊，在空中翻來騰去，最痛苦的是，祂想轉身逃逸，卻無論如何跑不了。掙扎許久之後，終於從空中掉到王家的院子裡，氣喘吁吁，那痛苦的嘶吼聲，響徹了雲霄。

這時天空的烏雲突然降得很低很低，低到與王家的屋簷一般高，而且雲層中也傳出了嘶吼聲，像是在和雷公相應和。隨即大雨傾盆而下，雨勢磅礴，洗刷了雷神身上污穢的東西，

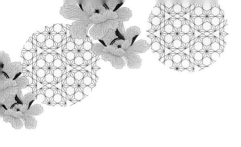

雷神恢復了清潔，這才打響了一個霹靂，重新飛騰升空。

民間既然相信打雷時有雷神，那麼下冰雹也就有雹神了。故事主人公王筠倉想去龍虎山尋訪傳說中的天師。他從山腳下的湖畔登船出發。小船來到湖中央，遠遠看見另一艘小船往自己的方向過來了。船上的人要求見王先生，王大人出來相見，發現對方是一位文質彬彬的書生。這位書生手上拿著天師的信物，告訴王大人說：「我家天師特地派我來迎接您。」王大人證實了有天師的存在，因此恭恭敬敬隨這位差人一步一腳印走上了龍虎山。

來到山上，天師設宴款待王大人，王大人看到天師手下的僮僕，個個相貌不凡，而且衣著光鮮，看起來都非平常人。不一會兒，來了一位使者，他在天師耳邊說了一句悄悄話，天師便呵呵笑了起來。天師轉向大人說：「這位是您的老鄉啊！」王大人趕緊詢問這位使者是誰？天師便回答：「他就是雹神李左車。」而李左車因接到玉帝的旨意，正準備起身離去，到某處降下冰雹。王大人請問天師：「他要去哪裡下冰雹？」天師說：「章丘附近。」王大人一聽，嚇了一跳，他說：「那是我管轄的地區，可否請雹神不要下冰雹？免得百姓遭殃。」天師此時面露難色，他說：「這是上天的旨意，我們不能違抗啊。」

王大人聽了心裡很難過，臉上露出哀戚的神情，天師看了於心不忍，於是對李左車說：「冰雹盡量降在山谷裡，避免破壞農作物。動作輕一點，別太粗魯。」雹神出門後，突然腳下升起一股濃煙衝擊地面，他就這樣迅速衝到了房簷的高度，接著發出一聲巨響！李左車急轉向北衝去，震得附近的房子轟轟作響，屋子裡的杯盤叮叮噹噹晃動不已！

王大人驚駭莫名：「他這樣子出門，簡直是在打雷，就像是地震，實在太恐怖了！」天

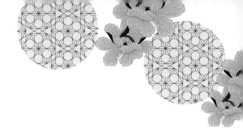

師笑著說：「你沒聽見我剛才還囑咐他，要輕輕的，別太粗魯。如果照他平時的樣子出門，那恐怕就要天打雷劈了呢！」

王大人下山之後，立刻派人去打聽，消息傳來，章丘一帶果然今天下了冰雹。而且多半集中在山谷裡，那些冰雹每一個都有雞蛋那麼大，到處堆得滿滿，然而村子裡稻田間，卻只是稀稀疏疏撿到幾顆。這就印證了天師對雹神所交代的話了。

事實上，自明朝末年義大利傳教士高一志來到中國，便將氣象學的原理傳入。他著有專書《空際格致》，書中傳遞了當時歐洲人對氣象的知識與概念。此外，又有進士熊明遇在《格致草》中依西洋科學原理，辨析自然界的氣象變化，書中特別解釋了歷史上所記載的風、雲、雷、雨等現象其背後的理由。熊明遇還設計了《日火下降、暘氣上升圖》，用這張圖來說明大氣對流的形成。

時序進入清代，中西氣象理論頻繁地接觸之後，許多理念與實務經驗互相滲透。因此，明末清初的中國科學家們對於氣象的發展發表了許多新的思想和理論，例如：一八七一年金楷理（Kreyer,Carl T.）與華衡芳合譯了《測候叢談》。此書已採用「日心說」，而不用「三際」理論，作者全面介紹了太陽輻射，以及霜露雲霧雨雪雹雷等大氣現象，可以說在蒲松齡生活的年代，中國人的氣象學理論已經與西方接軌，並且有了長足的發展。但是蒲松齡在《聊齋誌異》中，依然以神鬼形象來描述雷神與雹神，這就反映了他所生活的鄉村，當時還未有新科學知識的引入。當然他本人對於民間傳說史料蒐集與編寫的興趣，可能也遠大於追求科學新知吧。

朱嘉雯
評水滸

江湖上吹起一股「黑旋風」！

在古典小說裡，不僅戀愛中的女人一味地進行「模仿」，就像越劇《追魚》，故事中鯉魚精幻化為相府千金牡丹小姐的模樣，並將小姐的一舉手一投足都學得維妙維肖，連相爺和夫人都認不出哪一個才是自己的女兒！

現在我們更進一步來看看綠林草莽之間的模仿。原來當土匪也不是天生就會的！落草為寇也得靠偶像崇拜和學習，才能有個三分樣。話說《水滸傳》第四十三回朱貴擔心黑旋風李逵返鄉接老母上梁山，道途中會發生意外，因此勸他道：「別走小路，很多老虎！又有乘勢奪包裹的剪徑賊人！」李逵自信滿滿地回應道：「我怕什麼！」於是二話不說，戴上氈笠兒，提了朴刀，跨了腰刀，即出門了。行了約數十里，天色漸漸微明，那露草之中，突然跳出一隻白兔兒來！（大家是不是都緊張了一下？以為有老虎或猛獸竄出！結果卻是隻小白兔！我想這是作者施耐庵在逗我們呢！）黑嚕嚕的猛漢李逵看見了可愛的小白兔，倒也追趕了一程，便笑道：「那畜生倒引了我一程路。」

此時，只見前面有五十來株大樹叢雜，時值新秋，葉兒正紅。李逵來到樹林邊，忽然轉出一條大漢，喝道：「你懂事的話，留下買路錢，免得被我奪了包裹。」李逵看那人時，只見他戴著一頂紅絹兒頭巾，穿一領粗布衲襖，手裡拿著兩把板斧，用黑墨把臉塗黑。李逵見了，比這賊人更兇十倍！大喝一聲：「你這廝是什麼鳥人？敢在這裡剪徑！」那漢說道：「若問我的名字，嚇碎你心膽，老爺叫做『黑旋風』。你留下買路錢並包裹，我便饒了你性命，容你過去。」

這可是黑旋風碰上了黑旋風！兩個大黑臉，互相對看！李逵先是大笑：「你這廝是什麼人？哪裡來的？也學老爺的名目，在這裡胡行！」結果，被打劫的李逵竟然先動手打起人來！他挺起手中朴刀，來奔那漢，那漢畢竟是冒充的，而且學得也不像，哪裡抵擋得住？待要逃命，竟早一步被李逵在他的腿股上刺了一朴刀，登時給搠翻在地，李逵一腳踏住那人的胸脯，喝道：「認得老爺嗎？」

那漢此時還未了悟，不知道他模仿李逵在此地打劫，今天卻碰上了眞正的李逵！然而他此時只得求饒不迭：「爺爺，饒孩兒性命吧！」李逵此刻以居高臨下的威風之姿，對這人說道：「我正是江湖上的好漢『黑旋風』李逵，便是你這廝辱沒了老爺的名字！」那漢恍然大悟道：「小人雖然姓李，但不是眞的『黑旋風』。因爲爺爺在江湖上有響亮的名號！提起好漢的大名，神鬼也怕！因此小人盜學爺爺名目，胡亂在此剪徑。但有孤單客人經過，聽得說了『黑旋風』三個字，便撇了行李，逃奔而去，我因以此得些利息，其實從不敢害人。」

說起這個人雖不是眞正的李逵，然而他的名字卻與李逵的發音相仿，他叫做李鬼。連名字也模仿得有些以假亂眞！然而僅依這個名字，我們也只能將他看作是一個模仿李逵不成的小鬼！而李逵此時看到有人學他的模樣，在這路上當起強盜來，心裡頗不爽快！一時間動了殺機：「叵耐這廝無禮，卻在這裡奪人的包裹行李，壞我的名目，學我使兩把板斧，且教他先吃我一斧！」於是劈手奪過一把斧來便砍。李鬼慌忙叫道：「爺爺殺我一個，便是殺我兩個！」這小鬼雖然不擅於模仿黑旋風，卻能夠在臨死的關頭，迸出一句別致的話語來勾引起李逵的好奇心！

李逵聽得住了手，問道：「怎的殺你一個，便是殺你兩個？」李鬼道：「小人本不敢剪徑，因家中有個九十歲的老母，無人贍養，小人故而單題爺爺的大名來嚇唬人，好奪些單身的包裹，以贍養老母，其實並不敢害過一個人。如今爺爺殺了小人，家中老母必會餓死。」李鬼不僅成功地調度起李逵的好奇心，而且還引發了李逵的同情心！

想那李逵雖是個殺人不眨眼的魔君，聽說了這話，自尋思道：「我特地歸家接娘親，若是在路上倒殺了一個養娘的人，這天地也不佑我。罷，罷，我饒了你這廝性命。」於是放了李鬼。李逵又說道：「這世上只有我是眞的『黑旋風』，你從今以後，休要壞了俺的名目！」李鬼道：「小人今番得了性命，自回家改業，再不敢倚著爺爺的名目，在這裡剪徑。」

一聽到李鬼願意改邪歸正，孝養母親，李逵竟然當下拿出一大筆錢來賞給李鬼！「你有孝順之心，我與你十兩銀子做本錢，便去改業。」李鬼今天雖是打劫不成，卻也算是大豐收呀！於是拜謝之後，便離去了。李逵此時自笑道：「這廝卻撞在我手裡。既然他是個孝順的人，必去改業，我若殺了他，也不合天理。」

李逵繼續往前走，走到巳牌時分，覺得肚裡又餓又渴，可是四下裡都是山徑小路，不見有一個酒店飯館。正走之間，遠遠地在山凹裡露出兩間草屋來。李逵快步奔到那人家裡來，只見走出一個婦人，髮髻鬢邊插一簇野花，搽一臉胭脂鉛粉。李逵看見荒野間有這樣一位娘子，趕忙放下朴刀以示尊重，恭謙地說道：「嫂子，我是過路的客人，肚中飢餓，尋不著酒食店，我與妳一貫足錢，央妳做些酒飯吃。」那婦人見了李逵這般模樣，不敢說沒有，只得答道：「酒是沒買處，飯便做些與客人吃。」李逵道：「也罷。只多做些個，正肚中饑餓得很！」那婦人道：「做一升米夠嗎？」李逵道：「做三升米飯來吃。」那婦人向廚中燒起火來，然後去溪邊淘米。

李逵此時轉過屋後山邊來淨手，只見一個漢子攧手攧腳從山後歸來。李逵轉過屋後偷聽時，那婦人正要上山討菜，開了後門，見到漢子，便問道：「老公，你的腿怎麼了？」那漢子應道：「老婆，我險些兒和妳不能再見面了，妳道我晦不晦氣？本指望出去等個單身的經過，結果整整等了半個月，不曾發市，剛好今日碰著一個，妳道是誰？原來正是那眞的『黑旋風』！卻恨撞著那驢鳥，我如何敵得過他？倒吃他一朴刀，搠翻在地，定要殺我，我假意叫道：『你殺我一個，卻害了我兩個。』他便問我緣故，我告訴他：『家中有個九十歲的老娘，無人贍養，定是要餓死。』那驢鳥眞個相信我，便饒了我性命，還給我十兩銀子做本錢，教我改了業養娘。我恐怕他省悟了，趕緊離了那林子，找個僻靜處睡了一會兒，再從後山走回家來的。」

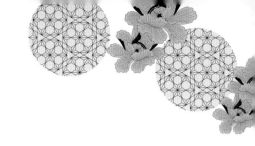

我們大家想一想，李逵在房後淨手，無意間聽見這番話，那李鬼不僅欺騙了他，而且兩度罵他是驢鳥！李逵能不氣憤嗎？這一回的結果是可想而知的。李鬼眞的成了李逵的刀下「鬼」了！作爲一個剪徑的強盜，只曉得將臉塗黑，拿兩把板斧，模仿黑旋風來嚇唬路人，卻始終學不到梁山豪傑「替天行道」的精神！如今畫狐不成反爲「鬼」，說來也不算冤了。

風月叢中第一名——浪子燕青

提到水滸英雄壯健的體魄與花紋大膽潑辣的遍體刺青，大多都展現在比武鬥勇的場景中，例如：魯智深徒手倒拔垂楊柳，以及九紋龍史進與八十萬禁軍教頭王進比試等情節。除了這些武戲之外，其實也有溫柔鄉裡呈現英雄紋身的文戲場景。

《水滸傳》第八十一回「燕青月夜遇道君」寫道浪子燕青爲了達到使梁山好漢接受招安的目的，他特地打扮了一番前去見李師師。當日他換了一領布衫，以一條長形的布袋繫在腰間，又換了一頂頭巾，特意裝扮成一個供人使喚的小夥計。然後取出一帕子的金珠，吩咐戴宗說道：「哥哥，小弟今日去李師師家。萬一我不小心讓事跡敗露，請哥哥自快回去！」說完，他一直取路，逕投李師師家來。

燕青來到李師師門前，依舊是曲檻雕欄，綠窗朱戶，卻比先時又修得更好了！燕青揭起斑竹簾子，從側首轉入屋裡，早聞得異香馥郁，撲鼻而來！及至進入客廳，只見周圍牆上吊掛著許多名賢書畫。廊簷下放置著二、三十盆怪石蒼松。坐榻則是雕花香楠的小木床，上鋪錦繡坐褥。

燕青微微地咳嗽一聲。丫嬛便出來相見，又隨即傳報李媽媽出來。李媽媽看見是燕青，先是吃了一驚，便問道：「你如何又來此間？」燕青回道：「請出娘子來，小人自有話說。」李媽媽道：「你前番連累我家壞了房子，你有話便說。」燕青道：「須是娘子出來，方才說得。」李師師在窗後聽了多時，便轉將出來。

燕青一看，確實別有一般風韻！但見容貌似海棠滋曉露，腰肢如楊柳裊東風。渾如閬苑瓊姬，絕勝桂宮仙姊。

李師師輕移蓮步，款蹙湘裙。燕青起身，把那帕子放在桌上，先拜了兩拜。李師師謙讓道：「免禮。俺年紀幼小，難以受拜。」燕青起身說道：「前些時候因受到驚恐，小人等無處安身。」李師師說道：「你休瞞我！你當初說你是張閒，另兩個是山東客人。結果在我這裡鬧了一場。不是我巧言奏過官家，換了別人，怕是要滿門遭禍的。你不要隱瞞，對我說實話。今天若不講清楚，我不和你甘休。」

燕青回答：「小人今天一定實話實說，花魁娘子休要吃驚。前番來的那個黑矮身材，坐在上首的，正是呼保義宋江。而第二位，白俊面皮、三牙髭鬚的便是柴世宗嫡派子孫——小旋風柴進。而一身公人打扮，站著的便是神行太保戴宗。門首和楊太尉掰打的，正是黑旋風李逵！小人是北京大名府人氏，江湖人稱浪子燕青。

俺哥哥來東京求見娘子，教小人謊稱是張閒，並非只是買笑迎歡。而是久聞娘子得遇今上，因此親自特來告訴衷曲，如今被奸臣當道，讒佞專權，閉塞賢路，下情不能上達。我們

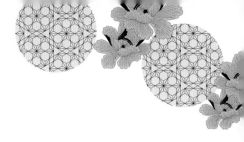

指望您替天行道，保國安民，上達天聽，讓我們早得招安，免致生靈受苦。若蒙如此，則娘子是梁山泊數萬人之恩主也！」

說著，燕青便打開帕子，攤在桌上，帕子裡都是金珠寶貝！那虔婆愛的是財，一見便喜！忙叫丫鬟收拾過了，便請燕青裡面小閣兒內坐下，安排細食茶果，殷勤相待。

這李師師家，因皇帝時常來，因此上自公子王孫，下至富豪子弟，誰敢來她這裡討茶吃？因此燕青說道：「小人該死，怎敢與花魁娘子對坐？」李師師說道：「別這麼說！像你這樣的義士，我久聞大名，只是無緣相聚。」燕青說道：「前番陳太尉來招安，詔書上並無撫恤的言語，更兼抵換了御酒。第二番領詔招安，就在詔書上最要緊的地方，他們故意讀錯句讀。因此上又不曾歸順。之後童樞密引將軍來，只兩陣殺得他們片甲不留。次後高太尉奴役天下民夫，造船前來征討。只三陣，其人馬折損太半。高太尉還被俺哥哥活捉上山。我們不肯殺害，厚重款待，將他送回京師，所有生擒人數，盡都放還。那高太尉在梁山泊立了大誓，如能回到朝廷，必定奏明天子，前來招安。因此帶了梁山泊兩個人來，一個是秀才蕭讓，一個是能唱樂和。他卻又把這二人藏在家裡，不放他們出來。以爲這樣便能瞞過天子……。」

李師師說道：「這話我盡知了。且飲數盃，再作商議吧。」燕青只得陪侍。原來李師師見了燕青這表人物，能言快說，口舌利便，倒有心看上他，因此說道：「久聞哥哥嫻熟諸般樂器，酒邊閒聽，願聞也好。」燕青答道：「小人頗學過些本事，卻怎敢在娘子面前賣弄過？」李師師道：「那麼我先吹一曲，教哥哥聽。」便從錦袋內掣出一管鳳簫，隨即口中輕

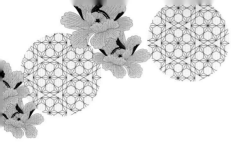

輕吹動，端的是穿雲裂石之聲：「俊俏煙花太有情，玉簫吹出鳳凰聲。」燕青聽了，喝采不已！

李師師吹了一曲，遞過簫來，對燕青說道：「哥哥也吹一曲給我聽聽。」燕青就希望李師師高興，因此接過簫來，便嗚嗚咽咽地吹了一曲。李師師聽了，不住聲喝采，說道：「哥哥原來恁地吹的好簫！」李師師又取過阮來，撥個小小的曲兒，教燕青聽。果然是玉珮齊鳴，黃鶯對囀，餘韻悠揚。燕青拜謝道：「小人也唱個曲兒伏侍娘子。」頓時開喉便唱。他的聲清韻美，字正腔真。唱罷，李師師執盞擎盃，親與燕青回酒，自己又唱了一個曲兒，只聽她口裡悠悠地放出嬌柔的聲音，來惹燕青。燕青緊緊地低了頭，唯諾而已。數盃之後，李師師笑道：「聞知哥哥一身好文繡，願求一觀如何？」燕青笑道：「小人賤體雖有些花繡，卻怎敢在娘子面前揎衣裸體？」李師師三回五次，定要討看。燕青只得脫膊下來。李師師看了，十分大喜。把尖尖玉手，便摸他身上……。

宋江這番元宵節上東京面聖，冀望受朝廷招安，因此暗通名妓李師師，想走她的門路接近宋徽宗。於是派浪子燕青出馬，而燕青吹得一口好簫，又有一身精彩的文繡，甚得李師師歡心！因此拜爲姐弟。《水滸傳．贊詩》云：「燕青儀表天然磊落，果然是藝苑專精，聽鼓板喧雲，笙聲嘹亮，風月叢中第一名！」燕青果然因此得到面見宋徽宗的機會，傳遞了梁山消息。最後終於爲宋江和弟兄們立了大功一件！

底下如雲催霧趲，兩條腿哪裡收拾得住？
——神行太保．戴宗

古時候的人不像我們現在一出遠門，不是搭飛機，就是坐高鐵。面對著遼闊無垠的荒原大地，很多時候只能靠兩腿長途跋涉。於是歐洲的巫婆騎上神奇的掃帚；中東一千零一夜纏綿不盡的故事裡，最爲人所羨慕的是綺麗的魔毯；《西遊記》裡孫悟空一觔斗雲可以翻出十萬八千里……，人們追求速度的慾望，從遠古至今，不曾衰竭。

唐人傳奇的名篇《紅線》，大家都不陌生。美麗善解人意的女俠，夜行七百里，爲主人排憂解難。她夜半子時，奔到了魏州城，經過幾道門，進入敵方的臥室，聽見侍衛們鼾聲如雷，此外還有主帥府士兵，在庭院走動。於是她輕輕打開左房門，走到敵方主帥的寢帳前，拔下侍衛們的髮簪，將他們的衣角繫在一起。然後將主帥枕頭旁的金盒盜走……。

紅線一個晚上往返七百餘里，深入魏州險境，途經五、六座城池。只願減輕主公的憂煩。果然第二天早晨，敵方主帥大驚，夜裡有人闖到他的枕邊，身旁的侍衛連同他自己竟渾然不覺！這才明白人外有人、天外有天，於是打消了攻占潞州的野心。

一代俠女，只因速度夠快！便解救了河南、河北一帶安居樂業的百姓。

《水滸傳》裡也有一位以速度著稱的俠義之士，便是神行太保——戴宗。小說第四十四回寫戴宗奉命前往薊州打探公孫勝的下落，途中遇到楊林，於是邀他結伴同行。那楊林便問戴宗：「兄長使神行法走路，小弟如何走得上？只怕同行不得。」這戴宗回答道：「我的神行法也帶得人同走。我把兩個甲馬拴在你腿上，作起法來，也和我走得一般快，要行便行，要住便住。」

當下果如所言，帶起楊林，疾行而去。更有意思的是，第五十三回寫戴宗帶著李逵往薊州去請公孫勝，因爲急需趕路，那戴宗遂在李逵腳上拴了甲馬同行。而且戴宗施神行法時，必須嚴守素食戒律，又恐李逵一路上酗酒鬧事，於是在出發前千萬遍叮嚀他不可犯戒。

可惜李逵還是忍不住私底下酒肉不忌。戴宗得知李逵破戒，便要懲罰他。他用甲馬拴著李逵的腳，讓他整整一天，走得饑渴交加，大汗淋漓，喘息不止，卻仍是無法停止。一路上戴宗拿出幾個炊餅來自吃，也給李逵兩個充饑，李逵伸手想接餅，無奈兩人相隔有一丈之遠，只是趕不上。

一頓折騰下來，李逵只好坦承自己犯戒偷吃，又向戴宗求饒。等到戴宗讓他停下來之後，李逵的雙腳就像釘牢在地上一般，再也動彈不得。戴宗的神行法竟能讓天不怕、地不怕的黑旋風哭喊求饒！那麼他雖然比不得梁山衆好漢有高強的武藝，當也自有他不容人小覷的特殊本領。

說起戴宗，《水滸傳》第三十五回，智多星吳用曾經介紹說他是「在江州充做兩院押牢節級，姓戴名宗。本處人稱爲戴院長。爲他有道術，一日能行八百里，人都喚他做神行太保。」

小說裡不只一次提到戴宗使用「甲馬」來施神行法。他把兩個甲馬拴在腿上，一日能行五百里。若是將四個甲馬拴在腿上，那便一日還能行八百里！李逵隨戴宗神行的時候，「耳朵邊有如風雨之聲，兩邊房屋樹木一似連排價倒了的，底下如雲催霧趲。李逵怕將起來，幾遍待要住腳，兩條腿那裡收拾得住？似有人在下面推的相似，不點地只管走去了。看見走到紅日平西，肚裡又饑又渴，越不能彀住。驚得一身臭汗，氣喘做一團！」

那麼，究竟什麼是甲馬？答案可以在著名的古畫《清明上河圖》裡找到蹤跡。這幅畫裡有一家臨街的紙馬鋪，門前豎著招牌，上頭寫道「王家紙馬」。《水滸傳》第三十九回和第五十三回都曾寫道，戴宗收法之後，會尋一家客店安歇，然後在房裡將甲馬與紙錢一同燒了。

同樣的題材，我們還可以在《東京夢華錄》和《夢粱錄》等筆記體中尋繹。書中記載臨安城紙馬鋪於清明節當天，在街上用紙錢堆疊成高聳的樓閣，還剪了許多紙馬一同燒化。許多學者認爲戴宗作法所用的甲馬，便是民間喪葬文化裡的紙馬，而且他每一回施法完畢，便將它燒化。

於是中國俠義小說裡的這位奔跑健將，又披上了一層道家幻術的法衣，成爲我們夢裡也追不上的神行俠！

說時遲，那時快，一條禪杖飛將過來！——水滸步將魯智深

「那僧人怒吼一聲，橫挺禪杖，躍向牆頭，人未到，杖頭已然襲到。張翠山但覺一股勁風點至胸口，當下虎頭鉤一帶，封住了禪杖的來勢，判官筆疾點而出，『噹』的一聲，筆尖斜砸杖身。那僧人只覺手臂一震，竟爾站不上牆頭，重又落在地下。但此招一交，張翠山只覺雙臂發麻……。」

這是金庸《倚天屠龍記》裡，描寫武當張翠山與少林僧人圓音、圓業交手的情形。禪杖在文學作品裡被形塑成一種兵器，形狀似鏟，在重擊之下，常使人格擋不住。

禪杖於武俠世界裡通常爲佛教僧人所使，那是因爲在禪門中，出家人坐禪時，曾用禪杖來警醒自己的睡眠。根據《釋氏要覽》的記載：「禪杖竹葦爲之，用物包一頭。令下座擊行；坐禪昏睡，以軟頭點之。」於是我們知道用禪杖點擊坐禪的僧人，並不會感覺到痛，但是能達到警醒的效果，可以防止打坐時入睡。

此外，在《十誦律》裡還進一步指出：「若故睡不止。佛言：聽用禪杖。取禪杖時應生

敬心。云何生敬心？言：以兩手捉杖，戴頂上，應起看餘睡者以禪杖築。」這裡說道，旁人可以用禪杖擊打坐禪入睡者，以助其警覺。

最遲到明代，禪杖已用來泛稱僧人所持之手杖。劉伯溫詩云：「過橋禪杖落，坐石袈裟袒。」那時候的禪杖大約五尺長，通身鐵製，兩端開刃。一端爲新月形，有些禪杖在月彎處鑿四個孔，分穿上四個鐵環。而另一端的形狀像是倒掛的鐘，兩側各鑿一孔，也穿上鐵環。這也是我們在明代著名俠義小說《水滸傳》裡所看到禪杖的形制。

讀者們也許還記得同樣是明代小說《西遊記》裡，孫悟空的師弟沙和尙，手中所使用武器爲降妖寶杖。這寶杖一端是月牙形，另一端爲半月形，握柄乃是吳剛所砍下的桂枝，總重五千零四十八斤。這部神魔小說裡所出現的兵器，與《水滸傳》裡魯智深所持重器頗爲相似，一致地反映出明代禪杖的規模和形制。

事實上，《水滸傳》第九回寫魯智深使禪杖解救林沖的那一幕，凡是讀過的人，一定很難忘懷，那堪稱是武林俠義史上的經典：「話說當時薛霸雙手舉起棍來，望林沖腦袋上便劈下來。說時遲，那時快，薛霸的棍恰舉起來，只見松樹背後雷鳴也似一聲，那條鐵禪杖飛將來，把這水火棍一隔，丟去九霄雲外。跳出一個胖大和尙來，喝道：『洒家在林子裏聽你多時！』」

水滸梁山好漢以花和尙魯智深，爲主要使用禪杖的人物。他手上拿的是一條六十二斤重的渾鐵水磨禪杖，可見他的力量很大！人未到，禪杖已經飛出，將薛霸的水火棍撞擊到九霄雲外，難怪成爲梁山泊武藝高強的步軍統領。

安得猛士兮！——輪番上陣的打虎將

殘唐五代史上有一位著名的打虎英雄——十三太保李存孝。據說他在少年時代，曾經為了營救父親，因而奮勇與老虎搏鬥，此番神武事蹟，至今還流傳在陝西秦嶺一帶，著名的寶雞縣剪紙藝術，千百年來塑造了李存孝的英勇果敢形象，成為當地最受歡迎的窗花，據稱還有驅邪鎮宅的作用。

人們對於英雄勇於搏虎的形象，如此津津樂道！及至施耐庵的筆下，小說家便以特犯不犯的藝術技巧，寫了兩個精彩的打虎故事。不僅刻劃細膩，而且人物形象畢肖生動。六百年來，無數讀者在紙上經歷著傳奇冒險，隨著孔武有力的猛士，在不同的情況下，奔上虎山、闖入虎穴，體驗古典說部暴力美學淋漓盡致的巔峰呈現。其中之一便是大家耳熟能詳的景陽崗武松打虎。

那時武松連吃了十八碗好酒，提起哨棒，不顧店家百般阻攔，趁著酒興，硬闖山崗。及至來到山神廟前，看到官府榜文方知端的有虎！這時明知山有虎，偏向虎山行。只因轉身再

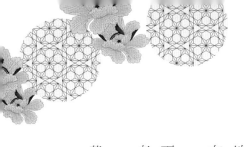

回酒店，武松擔心被酒保恥笑，因此不顧一切，勇往直前。

那時正值十月天，日短夜長，武松走了一陣，酒力發作，焦熱起來，腳步愈發踉踉蹌蹌，忽見一塊光撻撻的大青石，便把那哨棒倚在一旁，躺下來待要睡覺，頓時間感到一陣狂風驟起。就在那一陣風吹過的地方，撲地一聲響，跳出一隻吊睛白額大老虎來！

武松大叫一聲「呵呀」！從青石上翻將下來，將那條哨棒拿在手裡，閃到青石旁邊。這老虎顯然又饑又渴，兩隻爪在地下略按一按，猛然往上一撲，從半空裡攛將下來。武松一驚！酒都做冷汗出了。說時遲，那時快，武松一閃，閃到大老虎的背後。

老虎從背後看人最難，便把前爪搭在地下，把腰胯一掀，掀將起來。武松又是一閃，閃到一旁。老虎見掀他不著，吼一聲，就像空中的霹靂轟雷，震得那山崗也撼動！牠又把鐵棒似的虎尾倒豎起來一掃，武松又閃到一旁。

武松見老虎轉身回來，雙手輪起哨棒，盡平生氣力，從半空劈下。只聽得一聲響，簌簌地將那樹連枝帶葉劈打下來。定睛一看，一棒劈不著大老虎。原來他太慌張了，卻將哨棒打在枯樹上，把那條哨棒已折成兩截，他如今只拿得一半在手裡。

這時老虎持續咆哮！發作起來，翻身又是一撲，武松趕緊一跳，退了十步之遠，老虎將兩隻前爪搭在武松面前，武松只得半截哨棒丟掉，徒手就勢把大蟲頂花皮揪住，按將下來。老虎急得要掙扎，卻被武松使盡氣力納定，半點兒不肯放鬆。

接著武松抬腳往老虎面門上、眼睛裡，只顧亂踢。老虎咆哮起來！身底下扒起了兩堆黃泥，做了一個土坑。武松把老虎的頭直按下黃泥坑裡去。然後緊緊揪住頂花皮，伸出右手來，提起鐵錘般大小拳頭，盡平生之力，只顧打。打得五七十拳，老虎的眼裡、口裡、鼻子裡、耳朵裡都迸出鮮血來，漸漸地動彈不得。武松於是放了手，到松樹邊尋那打折的棒子，他只怕大蟲不死，又使棒子打了一回。事後武松尋思道：「我就地拖得這大蟲下崗子去。」卻哪裡拖得動！原來他已使盡了氣力，手腳都酥軟了，只得單獨轉過亂樹林邊，一步步捱下山崗。

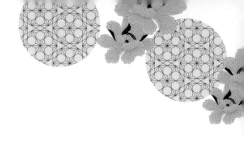

走不到半里路，枯草叢中又鑽出兩隻大蟲來。武松道：「呵呀！我今番死也！性命罷了！」只見那兩隻大蟲，在黑影裡竟然直立起來……。

施耐庵文章的精采處，往往在於意外之筆和懸疑緊張的鋪陳。他寫武松仗著酒氣使盡全力卻將棍棒打在枯樹上，而沒有打著大蟲，在讀者看來，危亡已在旦夕，卻沒想到他仍然堅強地奮力一搏，終於戰勝了猛獸。他再也提不起任何勇氣與力氣的時候，卻又出現了兩隻老虎！

施耐庵筆力堅實，故事結尾處餘波再振！簡直是不放過讀者。因爲他很懂得層層翻新，製造新奇意外的敘事，來抓住人們的焦點。這是作家成功之處。

在武松徒手打死大蟲之餘，作者又寫了一段李逵的殺虎復仇記。這故事是發生在黑旋風回家探望親娘的時節。那時李逵直奔到家中，推開門，進入裡面，只聽得娘在床上問道：「是誰來？」李逵看見娘的雙眼都盲了，坐在床上念佛。李逵便說：「娘，鐵牛回來了。」爲娘的說道：「我兒，你去了多時，這幾年你在哪裡安身？我時常思念你，眼淚流乾，因此瞎了雙目。你一向如何啊？」

李逵尋思道：「我若說在梁山泊落草，娘一定不肯隨我前去。」於是假意騙道：「鐵牛如今做了官，特來帶娘。」娘道：「這樣卻好！只是我們怎麼去啊？」李逵深怕哥哥報官，於是背著他的母親連夜只往亂山深處僻靜小路而走。

不久之後，天色愈晚，他們娘兒兩個，趁著星明月朗，一步步捱上嶺來。娘在背上說道：「我兒，那裡討口水來我吃。」李逵道：「老娘，且待過嶺去，借了人家安歇了，做些飯吃。」娘道：「我口渴得不得了。」於是李逵便去尋水。

他將把母親放下，將一把朴刀插在母親側邊，吩咐道：「耐心坐一坐，我去尋水來。」李逵聽得溪澗裡水響，聞聲尋將去，盤過了兩三處山腳，到得那澗邊看見一溪好水。

李逵來到溪邊，捧起水來，自己吃了幾口，尋思道：「怎生能夠得這水去與娘吃？」於是立起身來東張西望，遠遠地山頂上有個廟庵，李逵便攀藤攬葛，上到庵前，推開門看時，卻是個泗州大聖祠堂，面前有個石香爐。李逵用手去掇，原來是連同座子一起鑿成的。李逵拔了一回，那裡拔得動？一時性起，連那石座一同帶走，至前面石階上把那香爐磕下來，再拿到溪邊。

李逵雖是粗中有細，他將這香爐浸了水，拔起亂草，洗得乾淨，然後才挽了半香爐水，雙手擎來，尋舊路回來。

可是當李逵回到松樹邊，卻不見了親娘，只見朴刀仍插在那裡。李逵呼喚親娘，一概杳無蹤跡，他心裡著實慌張，便丟了香爐，定住眼四下一看，又走到三十餘步之外，只見草地上一團血跡。李逵見了，心裡愈發疑惑，循著那血跡，竟然尋到一處大洞口，只見兩個小虎

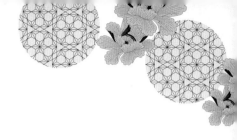

兒在那裡舐一條人腿。

李逵心頭火起，赤黃鬚鬢豎立起來！將手中朴刀挺起來，搠那兩個小虎。這小大蟲也張牙舞爪鑽向前來，被李逵手起，先搠死了一個，另一個往洞裡便鑽了入去。李逵趕到洞裡，也將牠搠死，然後鑽入那大蟲洞內，伏在裡面向外面張望時，只見那母大蟲往窩裡回來。李逵道：「正是你這業畜吃了我娘！」於是放下朴刀，胯邊掣出腰刀。把刀朝母大蟲尾底下盡平生氣力捨命一戳，李逵使得力重，和那刀柄，也直送入肚裡去了。那母大蟲吼了一聲，帶著刀，跳過澗邊去了。

李逵卻拿了朴刀，趕將出來，直搶下山岩。這時樹邊捲起一陣狂風，吹得敗葉樹木如雨一般打將下來。自古道：「雲生從龍，風生從虎。」那一陣風起處，星月光輝之下，吼聲震耳，忽地跳出一隻吊睛白額大老虎來。那老虎往李逵猛然一撲，那李逵不慌不忙，手起一刀，正中那大蟲頷下。那大蟲一則負傷疼痛，二則已傷著牠的氣管。於是退不到五七步，只聽得巨響如倒半壁山，登時間死在了岩下。

古典小說家經常就一個題材翻寫出好幾個迥異的故事來。施耐庵兩度寫打虎，吳承恩下筆三寫白骨精，曹雪芹揮灑了三次完全不同意境的葬花美感……，他們沒有一回故事是相同的，每一次書寫都在前番的基礎上，另立高峰！這也是古典說部最引人入勝的地方。

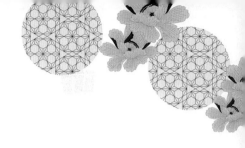

牡丹．芍藥．薔薇朵——梁山好漢的鬢邊風情

宋代的美男子習慣於鬢邊簪花，已是常見的事實，《水滸傳》裡許多梁山好漢在第一次登場時，作者都曾著力描寫他們在這方面的特殊偏好。例如第十五回阮小五首度現身之際，他的造型便是：頭戴一頂破頭巾，鬢邊插著石榴花，身上披著舊布衫，領口敞開，而胸口露出來的刺青，正是一頭兇猛的豹子！

這破頭巾和舊布衫顯現他是個粗曠不羈的打魚郎，而鬢邊鮮紅的石榴花，與胸口的豹頭，則又令人驚艷萬分！顯見他還是個江湖上有名號的人物！

到了第四十四回，作者另寫出一個人人畏懼、刀利如風的劊子手楊雄。他身上最吸引人的是滿手臂藍靛色的刺青，加上兩眉入鬢，鳳眼朝天，留著細細的鬍鬚，端的是一表人才！作者為這名專在市曹行刑的劊子手塡寫了一闋〈臨江仙〉：「兩臂雕青鐫嫩玉，頭巾環跟嵌玲瓏，鬢邊愛插翠芙蓉。」這個鬢邊簪上一朵盛大芙蓉花的男子，正是病關索楊雄！

無獨有偶的是，兩院押獄的行刑劊子手，還有一位蔡慶，小說第六十二回描寫這位濃眉大眼，性格剛強的好漢，往往佩戴著華麗的頭飾：「金環燦爛頭巾小，一朵花枝插鬢傍。」由於蔡慶生來喜愛佩帶一枝花，因此河北一帶人們順口都叫他「一枝花蔡慶」。

及至第六十一回，作者讓書中最風流的美男子燕青登臺，那更是濃墨重彩地形容了一番：「六尺以上身材，二十四五年紀，三牙掩口細髯，十分腰細膀闊。帶一頂木瓜心攢頂頭巾，穿一領銀絲紗團領白衫，繫一條蜘蛛斑紅線壓腰，著一雙土黃皮油膀胛靴。腦後一對挨獸金環，護項一枚香羅手帕，腰間斜插名人扇，鬢畔常簪四季花。」

而到了七十回後，童貫率領大軍征討梁山泊。於戰雲密布之際，童貫在上將臺看見一員勇猛大將，左右都是擎刀手，他自身則手執金鎗，側坐戰馬，在一身鸚哥綠的繡袍之上，我們看到他「金翠花枝壓鬢旁」。這位配戴著黃花綠葉的驍將乃是「金鎗手」徐寧！

水泊梁山的英雄好漢們，無論任何場合都可以恣意地在鬢邊簪上鮮豔的大花，與他們身上滿滿的花繡刺青相互輝映！這樣的裝束使人感到視覺上充滿了新鮮潑辣的美感！而這一份感官上的刺激，將爲我們在研究北宋男性生活與身體美學上，帶來一番新視野。

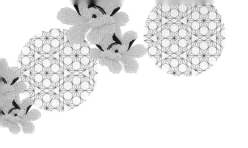

英雄紋身——好漢的身體美學

《水滸傳》裡描寫人物的體魄，經常以一身好文繡來襯托其體格與武功。中國古代歷史上關於刺青最早的記載出現在《越絕書．外傳本事》，原來臥薪嘗膽的越王勾踐，其造型正是「東垂海濱，夷狄文身。」這件事情在《墨子．公孟》中也被記錄下來了：「越王勾踐，剪髮文身。」可見勾踐是剪短頭髮和紋身的。既然紋身，那麼大約是時常不穿衣服，才能將一身的刺青作爲裝飾，展現出來。

《水滸傳》最著名的紋身青年是九紋龍史進，小說第二回寫道：東京八十萬禁軍教頭王進母子落難，暫時借住在史家村。有一天他到後槽看馬，只見空地上有一個後生打赤膊，刺了一身青龍，銀盤也似一個臉面，約有十八、九歲，拿著條棒正在比畫。王進看了半晌，不覺失口道：「這棒也使得好了。只是有破綻，贏不得眞好漢！」

那後生聽說，不覺大怒喝道：「你是什麼人！敢來笑話我的本事！俺經了七、八個有名的師父，我不信倒不如你。你敢和我一搏嗎？」說猶未了，太公到來，喝住那後生說道：「不得無禮！」那後生道：「叵耐這廝笑話我的棒法！」太公道：「客人莫不是會使鎗棒？」王進道：「頗曉得些。敢問長上，這後生是宅上的什麼人？」太公道：「是老漢的兒子。」王進道：「既然是宅內小官人，若愛學時，小人點撥他端正如何？」太公道：「既是這樣，十分好！」便教那後生來拜師父。

那後生哪裡肯拜！心中越發惱怒說道：「阿爹休聽這廝胡說！若是他贏得我這條棒時，我便拜他爲師。」那後生隨即在空地當中，把一條棒使得風車兒似地轉，一面向王進說道：「你來！你來！怕的不算好漢！」王進只是笑，不肯動手。

太公說道：「客官既是肯教小頑時，使一棒何妨。」王進笑道：「恐怕衝撞了令郎時，須不好看。」太公道：「這個不妨。若是打折了手腳，也是他自作自受。」王進道：「恕我無禮了。」便去鎗架上拿了一條棒在手裡，接著來到空地上，使個旗鼓。那後生看了一看，拿條棒滾將入來，逕奔王進。王進將棒子拖在地上便走。那後生掄起棒子又趕來。王進回身，把棒往空地裡劈將下來。那後生見棒劈來，用棒來隔。王進卻不打下來，而是將棒一抽，再往後生懷裡直搠過去。這一刺，那後生的棒便丟在一旁，人也撲地往後倒了。

史進從此對王進心服口服！王進對史太公說道：「令郎肯學，小人一力奉教。只是令郎學的都是花棒，只好看，上陣無用。小人重新點撥他。」

太公見說了，便道：「我兒從小不務農業。老漢只得隨他性子。不知使了多少錢財，投師父教他。又請高手匠人，與他刺了這身花繡，肩臂胸膛，總有九條龍，滿縣人口順，都叫他做九紋龍史進。教頭今日既到這裡，一發成全了他。老漢自當重重酬謝！」王進從此便留在莊上，將十八般武藝對著史進一一點撥指教。

史進醉心於武學，受王進教誨甚深！在危難之際，輕易地散盡家財投奔師傅，從而結識了另一位刺青英雄魯智深，那又是另一段精彩的故事了。那是在《水滸傳》第五十八回「三山聚義打青州」裡，作者寫道那日花和尚魯智深對宋公明說道：「智深有個相識，是李忠兄弟的徒弟，名叫九紋龍史進，在華州華陰縣少華山上，和神機軍師朱武、跳澗虎陳達、白花蛇楊春等四人聚義。洒家嘗思念他。自從瓦官寺與他別了，無一日不在心上。今日洒家要去那裡探望一遭，就邀他四人同來入夥，未知尊意如何？」宋江立即應允，並派二郎武松一道前往。

及至來到少華山，竟聽說史進被捕，魯智深立刻變色說道：「這撮鳥敢如此無禮！倒恁麼利害！洒家便去結果了那廝！」而武松卻說要去梁山請宋江出馬，魯智深登時焦躁起來：「你就是這般性慢，我史家兄弟如今性命在他人手裡，你還要飲酒細商！」

魯智深固然是豪爽性格，卻可以從他的話語中看出他是如何敬重史進！自古英雄惺惺相惜！魯智深與史進都是古道熱腸、救人於危難的豪傑。從前魯智深看見金翠蓮遭遇不幸，他便向李忠和史進借錢，結果還是史進爽快！從包裹裡取出一錠十兩銀子放在桌上，同時聲明不用歸還！史進原本就是史家莊太公的兒子，不僅儀表堂堂，行爲豁達，而且武藝高強，乃是八十萬禁軍教頭王進的徒弟，曾在王進門下習得十八般兵器，又與少華山寨主交情匪淺。因此魯智深特別看重他。

魯智深本人也是一號人物，當年赤松林史進剪徑，曾與魯智深交手，兩人過招旗鼓相當，從此結下不解之緣。此後同甘共苦，一同懲凶鋤奸，最終焚燒了惡行多端的瓦官寺，兩人結爲患難兄弟。有趣的是，魯智深也和史進一樣，不僅武藝驚人！而且也紋了一身花繡。《水滸傳》第十七回介紹魯智深自報家門時，作者寫道：「洒家不是別人，俺是延安府老種經略相公帳前軍官魯提轄的便是。爲因三拳打死了鎮關西，卻去五臺山淨髮爲僧。人見洒家背上有花繡，都叫俺做花和尚魯智深。」

他因爲替金氏父女出氣，竟然三拳打死了鄭屠，隨後棄職潛逃，先到五臺山文殊院出家，卻又不守佛門規矩，喝酒鬧事，方丈於是讓他到大相國寺看守菜園。那菜園附近有二、三十個潑皮經常來偷菜，新近聽說換了新人管理菜園，於是前來鬧事，結果被魯智深一一踢到糞坑裡去。第二天，潑皮們買了酒菜來賠禮。大家正欲暢飲，卻聽見大樹上的烏鴉聒噪！潑皮聲稱這叫聲不吉利，便欲搬梯子拔除鳥巢。魯智深藉酒性，先用手推了推樹幹，接著便脫下外衣，右手向下，將腰跨一掀，竟然將碗口大的楊柳連根拔起！衆潑皮驚得目瞪口呆，紛紛跪地膜拜！

當時魯智深脫下外衣時，理當露出一身刺青，二〇一一年浙江錢江頻道首播的電視劇「新水滸傳」，便以花團錦簇、潑辣強烈的黑牡丹刺青，來展現魯智深倒拔垂楊柳時呈現的壯健肌肉和魁梧的體魄！讓他與好哥兒們九紋龍史進成爲水滸紋身英雄裡最漂亮的雙璧。

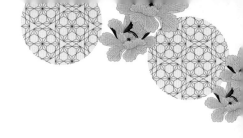

琉璃煥彩，天上人間……

——《水滸傳》與《金瓶梅》裡的燈海景象

朋友們：我們這一回就來看看《金瓶梅》的作者是如何抄襲《水滸傳》？再以生花的妙筆，發展出更精采的故事人生？同時我們也將透過《東京夢華錄》與《新編醉翁談錄》等著作，再度回顧宋代人豐富的生活剪影。

話說《水滸傳》第三十三回，宋江到了花榮的寨子裡，一連吃了四、五日酒。那花榮也很夠朋友，他自己掏錢給手下幾個體己人，讓他們每天輪流陪宋江到清風鎮的街上去逛逛，有時觀看市井喧嘩，有時走訪村落宮觀寺院等，天天閑走樂情，在市井上遊玩。

而原來清風鎮上也有幾座小勾欄，還有多家茶坊酒肆。有一天，宋江與一位體己人，到小勾欄裡閑看了一回，又去近村寺院道家宮觀遊賞一番，再到市鎮上的酒肆中飲酒。臨起身時，那體己人取銀兩來付酒錢。宋江那裡肯讓他付帳！於是拿出自己的碎銀子來買單。宋江回去後，又不對花榮說。於是那個同飲的人心裡一樂，又得了銀子，又得了清閑，從此每日樂意相陪，專愛和宋江去閑走，當然每日也還是宋江使自己的錢。於是自從來到寨裡，沒有一個人不愛宋江的。他住在花榮寨裡，將近一個月有餘，眼看臘盡春回，又來到一年一度的元宵節。

提起元宵節，這清風寨鎮上居民最熱衷的就是放花燈一事，這一天家家戶戶都會準備慶賞元宵。首先，他們集資到土地大王廟前紮縛起一座小鼇山，這座小鼇山上面結彩懸花，張掛了五、六百碗的花燈，那光輝燦爛的壯觀景象，絕不亞於我們現代人在大廈前廣場上豎起的巨型聖誕樹！

而在《水滸傳》中，土地大王廟內，則更是競賽起各式各樣的花燈，放眼望去，爭奇鬥艷，令人讚嘆！除了土地廟，當地居民家家的門前，也都紮起燈棚，賽懸燈火。於是整座市鎮上，諸行百藝都有花燈。這景象雖然比不上京城，可也算是人間天上了。

到了元宵這天，宋江在寨裡和花榮飲酒，正值天氣晴好，花榮便上馬去府衙裡點起數百個軍士，教他們晚間去市鎮上巡視。隨後又點差許多軍漢，教他們分頭去四面把守柵門。辦完了公務，又回寨子上，邀宋江一同吃點心。宋江對花榮說：「聽聞此間市鎮上今晚點放花燈，我想去看看。」花榮回道：「小弟原本也想陪侍兄長，無奈緣我職役在身，不能夠閒步同往。今夜兄長自與我家裡那兩三人去看燈，早點回來。小弟在家備好家宴，我們一起慶佳節。」宋江開心回道：「最好。」

他們說話的時間，東邊已推出那輪明月來。而當晚宋江和花榮家親隨的體己人兩三個，便緩步徐行來到清風鎮上看燈，只見家家門前，搭起燈棚，懸掛花燈，燈上畫著許多故事，也有剪綵飛白牡丹花燈，並芙蓉荷花異樣燈火。於是他們四、五個人，手挽著手，來到了大王廟前，看那小鼇山時，但見：

「山石穿雙龍戲水，雲霞映獨鶴朝天。金蓮燈，玉梅燈，晃一片琉璃；荷花燈，芙蓉燈，散千團錦繡。銀蛾鬥彩，雙雙隨繡帶香球；雪柳爭輝，縷縷拂華幡翠。村歌社鼓，花燈影裡競喧闐；織婦蠶奴，畫燭光中同賞玩。雖無佳麗風流曲，盡賀豐登大有年。」

這一派華麗璀璨的燈海景象，我們在另一部訴說宋代風物的《東京夢華錄》也可以見得到。這本書中記載的是北宋京城汴梁，當時人們過元宵的盛況。從正月七日起，人們便爲燈山上彩繪，務必做到金碧相射、錦繡交輝！而最高聳的燈山，其實就是現代元宵節所謂的主燈。可宋朝人更厲害的是，他們利用儲水與送水的技術，從燈山的最高處、最尖端開始放水，水勢順著絞繩流下來，形成整片壯觀的瀑布。

當時燈節的會場經常設有中門和左右門的牌樓，因此整座會場儼然就是華燈綵飾紛呈的城樓。主燈彩山的周圍還裝飾著文殊與普賢菩薩，祂們分別跨乘獅子和白象。同時菩薩的左右手指都流出五道水流，尤有甚者，祂們的手還會不停地轉動！可見當時花燈工藝之奇巧。

不僅花燈奇巧，宋人還在主燈城樓的左右門上，以草綁縛成遊龍狀，再用青幕籠住，又在草龍上密密地裝置了數萬盞的燈燭，遠遠望去，天上彷彿蜿蜒著一對發光的飛龍！此時，皇宮以南的御街一帶，官方也安排了豪華盛大的雜技、樂曲、相撲等演出。這是教坊與民間同臺競演，取官人與庶民同賞同樂之意。因此元宵燈會可說是宋代庶民文化高張的具體展演場。

此外，《新編醉翁談錄》又指出，宋代女性喜愛訂做一顆顆像棗子或栗子一般小巧的燈球，搭配珠寶翠玉裝飾在髮髻上。於是在元宵夜晚，滿城女郎穿梭在大街小巷裡，以其光彩奪目、光艷照人的頭燈，帶來晶亮輝煌的神采，想必令人觀之不盡！而宋朝的男士則流行在髮鬢上簪朵高調的大花，那就更具另一番豔異的美感了。

關於元宵燈會，觀之不足的還有《金瓶梅》第十五回，那也是宋代一等一的年節場景。燈市中人煙湊集，十分熱鬧。當街搭數十座燈架，四下圍列諸般買賣，玩燈男女，花紅柳綠，車馬轟雷。但見：「山石穿雙龍戲水，雲霞映獨鶴朝天。金屏燈、玉樓燈見一片珠璣；荷花燈、芙蓉燈散千圍錦繡。」這《金瓶梅》裡的「雙龍戲水」指的就是《東京夢華錄》中主燈上的飛龍與放水。而事實上，這一段話整個抄自上述《水滸傳》第三十三回宋江觀燈的場景，然後作者再以汪洋恣肆的筆墨繼續補充發揮，將當時元宵節的各種彩燈造型，寫得神乎其神，令人不敢置信！我們看作者寫道：

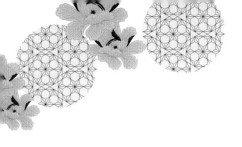

「繡球燈皎皎潔潔，雪花燈拂拂紛紛。秀才燈揖讓進止，存孔孟之遺風；媳婦燈容德溫柔，效孟姜之節操。和尚燈月明與柳翠相連，判官燈鍾馗共小妹並坐。師婆燈揮羽扇假降邪神，劉海燈背金蟾戲吞至寶。駱駝燈、青獅燈馱無價之奇珍；猿猴燈、白象燈進連城之祕寶。七手八腳螃蟹燈倒戲清波，巨大口髯鮎魚燈平吞綠藻。銀蛾鬥彩，雪柳爭輝。魚龍沙戲，七真五老獻丹書；吊掛流蘇，九夷八蠻來進寶。村里社鼓，隊隊喧闐；百戲貨郎，椿椿鬥巧。轉燈兒一來一往，吊燈兒或仰或垂。琉璃瓶映美女奇花，雲母障並瀛州閬苑。王孫爭看小欄下，蹴鞠齊雲；仕女相攜高樓上，嬌嬈炫色。卦肆雲集，相幙星羅：講新春造化如何，定一世榮枯有準。又有那站高坡打談的，詞曲楊恭；到看這扇響鈸遊腳僧，演說三藏。賣元宵的高堆果餡，粘梅花的齊插枯枝。剪春娥，鬢邊斜插鬧東風；禱涼釵，頭上飛金光耀日。圍屛畫石崇之錦帳，珠簾繪梅月之雙清。」

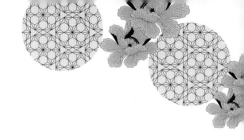

燈節的輝煌，折射出一幅太平富貴、風流盛世的夢幻景象。因為「燈」與「登」諧音，是故蘭陵笑笑生藉由元宵節繁華如夢的燈海，以及許許多多民間故事的造型燈，引出一句總結：「也應豐登快活年。」而這句話其實也脫胎自上述《水滸傳》第三十三回，宋江賞燈的結語：「盡賀豐登大有年！」這兩部小說密切的關係，同時還表現在豐登慶喜之後，主角人物即將禍事臨頭；同時所謂「快活年」與「大有年」的假象背後，實則隱藏了多少深不見底的社會動盪因子與人性黑暗的深淵！

相撲世間無對手，爭交天下我為魁——《水滸傳》裡的男女混打相撲

朋友們：我們今天專門來看看《水滸傳》裡，浪子燕青只著一件遮羞的兜襠布，與蟬聯冠軍的大金剛任原摔打相撲的場景。還有那不讓鬚眉的定山堡段三娘，拉開雙手、踢開雙腳，與淮西王慶男女混打相撲的精彩畫面。

聞名於日本的相撲運動，其實最早出現於先秦。古來稱之爲「角牴」，也有人稱作「爭交」。不過「相撲」這個名稱正式起源於宋，而且在瓦子等遊樂園中正式比賽場合上，不僅有男子組隊參加，同時也有女性相撲高手角逐其間，爲此一娛樂形式增添了戲劇高潮！也帶來了娛樂效果。

《水滸傳》裡的浪子燕青，便是當時一等一的相撲好手！小說第七十三回，宋江見手下押解一夥人到來，並聲稱：「拿到一夥牛子，有七八個車箱，又有幾束哨棒。」宋江看時，這夥人都是彪形大漢，他們跪在堂前稟告：「小人等幾個是從鳳翔府來的，如今準備上泰安州燒香。因爲三月二十八日是天齊聖帝誕辰，我們都去臺上耍棒，一連三日，何止有千百對

在那裡！實是熱鬧非凡！今年還有個撲手好漢，他是太原府人氏，姓任，名原，身長一丈，自號『擎天柱』，曾經說大話：『相撲世間無對手，爭交天下我為魁。』我們聽說他曾在廟會上爭交，從來不曾有對手，每回比賽獲勝的獎金獎品，都只屬於他一人。今年又貼招出來，想挑戰天下的相撲好手。我們幾個就是為此而來，一則是為了到廟裡燒香；二來是想看看那人的本事；三來也希望偷學他幾路好棒法，伏望大王發發慈悲放了我們。」

宋江聽了，便叫人放了這一夥好漢。這時一旁的燕青卻藉機對宋江進言。其實這燕青，雖然僅是三十六星之末，但是為人機巧靈活，而且多見廣識，為達使命，也能夠使出其多才多藝的渾身解數，因此他的能力實強於前面的三十五人。當時燕青便告訴宋江：「小乙自幼跟著盧員外學得了一身相撲，江湖上還不曾逢著對手。今日幸遇此機會，三月二十八日又近了，小乙並不要帶一人，自去獻臺上，好歹與那個擎天柱交手一番。若是輸了便是死，也永無怨心；倘或贏時，也與哥哥增些光彩。到那時必然有一場好鬧，哥哥可使人來救應。」

宋江聽說燕青要挑戰擎天柱，便勸道：「賢弟，聞知那人身長一丈，貌若金剛，約有千百斤氣力。你這般瘦小身材，縱有本事，怎敵得過他？」燕青不服氣，解釋道：「我不怕他長大身材，只恐他不落入我的圈套。常言道：『相撲的有力使力，無力鬥智。』不是我燕青敢誇口，我擅長臨機應變，看景生情，不一定輸與他那個呆漢。」

這時盧俊義也出面說道：「我這小乙，端的自小學成好一身相撲，哥哥就隨他心意，讓他去吧。到時候，盧某自去接應他回來。」宋江聽如此說，便問道：「你幾時出發？」燕青回答：「今天已是三月二十四日了，我明天就拜辭哥哥下山，路上略宿一宵，二十六日趕到廟會，二十七日在那裡打探，二十八日卻正好和那廝對峙。」

第二天，宋江果然備了酒席與燕青送行。眾人看燕青打扮得相當樸實，將滿身的刺青花繡都用衣服遮掩起來，就像是個山東賣貨郎一般，腰裡還插著一把串鼓兒，又挑著一把高肩雜貨擔子，眾人看他打扮成個賣雜貨的，都覺得很好笑！宋江更是出題說道：「你既然裝做貨郎擔兒，你且唱個山東貨郎轉調歌與我眾人聽聽。」燕青眞是毫不含糊！果然一手撚串鼓，一手打板，唱出〈貨郎太平歌〉，那腔調竟與山東人分毫不差！於是眾人又笑。酒至半酣，燕青便辭了眾頭領下山去，不久又過了金沙灘，往泰安州奔去。

當天晚上，燕青正要尋店安歇，只聽得背後有人叫道：「燕小乙哥，等我一等。」燕青歇下擔子回頭看時，竟然是黑旋風李逵！燕青問道：「你趕來做什麼？」李逵道：「我和你一起去荊門鎮走走，我見你獨自一個人，放心不下，因此不曾對哥哥說，便偷偷走下山，特來幫你的。」燕青道：「我這裡用不著你幫忙，你快快回去吧。」李逵於是焦躁起來：「你還眞當自己是個了得的好漢？我好意來幫你，你倒不領情！我偏要去！」燕青尋思了一會兒，怕破壞了兄弟間的義氣，便對李逵說道：「和你一起去可以。只是到了那裡是聖帝生日，來的都是四山五嶽的江湖好漢，認得你的人頗多，所以你得依我三件事，我便和你同去。」李逵道：「你說，我都依得。」

燕青見李逵答應了，便開出條件來說道：「我們路上一前一後各自走，等會兒到了客店裡，入得店門，你便不要出來，這是第一件。第二件，到了廟會那裡的客店，你就藉口說自己生病了，用被子包著頭臉，假裝打齁睡覺。第三件，廟會上，你若是挨在稠密的人群中看相撲時，不要大驚小怪。大哥，我說的這三件事，你可都依得嗎？」李逵打包票說道：「這有甚難處？都依你便了。」於是當晚他兩二人遂投客店安歇了。

次日五更天起來，他二人付了房錢，同行到前面打火喫了飯，燕青說道：「李大哥，你先走半里，我隨後來也。」那條路上，只見燒香的人來往不絕，許多人都在講「擎天柱」任原的本事，說他兩年來在泰山都沒遇到對手，今年算是第三年了。燕青把這些話聽在心裡。到了申牌時候將近，廟上旁邊眾人都立定腳，仰面在那裡觀看。燕青便歇下貨擔兒，分開人叢，也挨擠著向前觀看，只見兩條紅標柱，恰與坊巷牌額一般相似，上立一面粉牌，寫道：「太原相撲『擎天柱』任原。」旁邊兩行小字道：「拳打南山猛虎，腳踢北海蒼龍。」燕青看了，便扯出匾擔，將這面招牌打得粉碎，也不說什麼，再挑了擔兒，往廟裡去了。眾人多管閒事的，隨即飛報任原說：「今年有劈牌放對的了！」

且說燕青趕上了李逵，便來一同來尋客店安歇。原來這廟會好生熱鬧，不算一百二十行經商買賣，只客店也有一千四、五百家，專門接待來自四面八方的天下香客。到菩薩聖節之時，許多客店，都住滿了。燕青、李逵只得在近郊賃一所客店安住下來，把擔子歇了，取出一床夾被，教李逵睡著。店小二來問道：「大哥是山東貨郎，來廟會趕集，怕是房錢付不起吧？」燕青以山東老鄉的口音說道：「你好小覷人！一間小房，值得多少？別人出多少房錢，我也出多少給你。」店小二趕忙解釋道：「大哥休怪，正是因爲最近幾日人潮洶湧，住房都客滿，所以我需把話先說明白了才好。」

燕青對店家說道：「我原是自己來做買賣的，哪裡不能安歇？不想路上撞見了這個鄉中親戚，他又生病了，因此只得在你店中投宿。我先給你五貫銅錢，拜託你替我安排些茶飯，等退宿時，一發酬謝你。」那小二哥接了銅錢，自去門前安排茶飯，不在話下。

沒多少時候，只聽得店門外喧嘩聲好熱鬧！有二、三十條大漢魚貫走入店裡，爲首的開口問小二哥道：「劈牌挑戰的好漢，在哪間房裡安歇？」店小二忙說：「我這裡沒有你們要找的人。」可是那夥人很堅持：「大家都說在你店中。」小二哥道：「我只有兩間房，現空著一間，另一間住的是個山東貨郎，扶著一個病漢呢！」那一夥人立刻說道：「正是那個貨郎兒劈牌定對的！」店小二不敢相信：「休要拿別人取笑！那貨郎兒乃是一個小小後生，能做得甚用？」那夥人齊聲說道：「你引我們去看一看。」店小二無奈，指著前方說道：「角落那間房便是。」衆人急忙來看時，見緊閉著房門，於是又去窗縫裡張看，只見裡面床上兩個人腳抵腳睡著。

衆人想不通，其中有一個人說道：「既是敢來劈牌，要做天下對手，就不是普通人物，大概是怕人算計他，所以假裝害病。」衆人都同意：「正是了，我們都不要猜，等時候到了，就能見眞章了。」約莫黃昏前後，店裡又有二、三十人來打聽，這店小二眞是口唇也說破了。當晚小二哥端飯給燕青、李逵吃，只見李逵從被窩裡鑽出頭來，小二哥見了，喫一驚，叫聲：「阿呀！這個是爭交的爺爺了！」燕青道：「爭交的不是他，他自患病在身，我才是來爭交的。」小二哥道：「你休要瞞我，以你這身材，我看任原可以把你給吞了。」燕青道：「你別笑我，我自有法度，一定教你們大笑一場，回來把獎金獎品多賞你一些。」小二哥看著他們吃了晚飯，便收了碗碟，自去廚房洗刮，心中就是不信燕青說的話。

次日，早飯後，燕青吩咐李逵：「哥哥，你自拴了房門高睡。」燕青卻隨了眾香客，參觀了殿閣棱層、雕梁畫棟、碧瓦朱簷的岱嶽廟，燕青遊翫了一會兒，還參拜了神明，便找個燒香的香客問道：「這相撲任教師在哪裡歇息？」當時有好事的人說：「在迎恩橋下那個大客店裡便是。他手下有兩三百個徒弟哩！」燕青聽了，逕自來迎恩橋下，只見橋邊欄杆上坐著二、三十個相撲子弟，面前遍插鋪金旗牌，錦繡帳額，等身靠背。燕青閃入客店裡去，便看見任原坐在亭心上，眞乃有揭諦儀容，金剛貌相！並且坦開胸脯，顯出存孝打虎之威；側坐胡床，眞有霸王拔山之勢！

話說這擎天柱任原正坐在那裡看徒弟們相撲。其中有人認得燕青就是昨天劈牌的人，便暗暗報與任原。只見任原跳將起來，搧著膀子，口裡說道：「今年有哪個找死的？來我手裡納命啊！」燕青低了頭，急出店門，聽見裡面的人都在笑。他急急回到自己下處，安排些酒食，與李逵同吃。李逵口口聲聲抱怨道：「這麼一直睡著，悶死我也！」燕青勸解：「只有今日一晚，明日便見雌雄。」

到了三更天前後，聽得一派鼓樂聲響，乃是廟會眾香官與聖帝上壽。四更天前後，燕青、李逵起來，問店小二討了熱水洗臉，梳了頭，脫去裡面的衲襖，下身綁緊了腿綳護膝，又紮緊熟絹水褌，穿了多耳麻鞋……。瞧他們這一身裝束，便知一年一度的相撲大賽，即將展開！因爲燕青和李逵的打扮就和今天我們經常看到的日本相撲好手一樣，只穿兜襠布。當時燕青渾身就剩「水褌兒」。「褌」是一種用來遮羞的內褲，《水滸傳》第四十回，張順下水時，便穿著「白絹水褌」。而如今燕青、李逵二人所穿的也是「熟絹水褌」。事實上，褌有兩種，一種是從腰到膝蓋的五分褲；另一種便是三角內褲，像牛鼻子，因此被稱爲「犢鼻褌」。

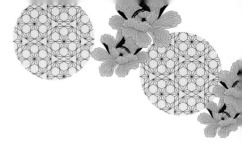

穿好了相撲的標準裝束之後，他二人與店小二告別，小二回應道：「早早得勝回來！」另外店中也還有二、三十個來燒香的客人，他們都對燕青說道：「後生，你自斟酌，不要枉送了性命啊！」燕青輕鬆回道：「當我得勝之時，大家可得幫我搬獎品啊！」只是那李逵又說道：「我帶了這兩把板斧去也好。」燕青連忙阻止：「這個卻使不得，被人看破我們是梁山好漢，會誤了大事！」於是兩人便雜在人群中，先去廊下，窩著等候。

這一天燒香的人，眞乃壓肩疊背，偌大一座東嶽廟，一湧便滿了，屋脊梁上都是看熱鬧的人。朝著嘉寧殿，紮縛起山棚，棚上都是金銀器皿，錦繡布疋；門外拴著五頭駿馬，全付鞍轡。知州衙門禁止住燒香的人潮，便有一位相撲獻聖的年老長官，拿著竹批，走上獻臺，參拜神明，之後便請出今年相撲的對手，出馬爭交。

這時廟裡人如潮湧，有十幾對護衛，舉著哨棒、繡旗，將任原抬在轎上，這轎前轎後又有二、三十對花肐膊的好漢，前遮後擁，來到獻臺上。年老的長官請任原下轎，同時做了一段溫馨的致詞。任原便說道：「我這兩年到岱嶽廟來，奪了頭籌，白白拿了許多獎勵品，今年必定要脫了上衣來打！」那任原的徒弟們，此時都齊聚在獻臺邊，站得周遭密不透風。且說任原先脫了上衣，除去頭上的巾幘，披著一件蜀錦襖子，參拜了神明，喝了兩口神水，便脫下錦襖，這一脫，在場的百十萬人齊喝一聲采！

我們來看任原是怎生打扮：

頭綰一窩穿心紅角子，腰繫一條絳羅翠袖三串帶兒，
拴十二個玉蝴蝶牙子扣兒，主腰上排數對金鴛鴦踅褶襯衣。
護膝中有銅襠銅褲，腿內有鐵片鐵環。
扎腕牢拴，踢鞋緊繫。
世間架海擎天柱，嶽下降魔斬將人。

剛剛我們看到燕青、李逵脫得只剩「犢鼻褌」，而此刻任原卻是一身裝備，護膝中有銅襠銅褲，小腿內側還包著鐵片鐵環。可知他就算贏了，也不光彩。

那年老長官對任原說道：「教師兩年在廟上不曾有對手，今年是第三番了，教師有甚言語，安覆天下衆香官？」任原說道：「四百座軍州，七千餘縣治，好事香官，恭敬聖帝，都送了獎勵品來，任原白受了兩年。今年我想辭了聖帝還鄉，今後再也不上山來了。東至日出，西至日沒，兩輪日月，一合乾坤，南及南蠻，北濟幽燕，有誰敢出來和我爭勝的嗎？」

說猶未了，燕青按著兩邊人的肩臂，跳起來口中叫道：「有有！」說著，便從他人背上直飛搶到獻臺上來。衆人齊發聲喊，響聲震天！那長官問道：「漢子，你姓甚名誰？哪裡人氏？從何處來？」燕青回道：「我是山東張貨郎，特地來和他爭勝。」長官又問道：「漢子，性命只在眼前，你曉得嗎？你有保人沒有？」燕青回道：「我就是保人，死了不要人償

命的！」長官說：「你且脫下衣服。」燕青除了頭巾，光光的梳著兩個角兒，脫下草鞋，赤了雙腳，蹲在獻臺一邊，解了腿繃護膝，跳將起來，把個布衫一脫，隨即拉開架式，則見廟裡的看官一時間如攪海翻江相似，不停地喝采！眾人都看呆了。那大塊頭任原看了燕青一身滿滿的刺青和急健的身材，心裡倒有五分畏怯了。

殿門外月臺上本州太守坐在那裡指揮彈壓群眾，前後皀衣公吏環立七八十對。太守隨即使人來叫燕青下獻臺，走到太守面前。太守見了他這一身滿滿的刺青，好像玉亭柱上鋪著軟翠，頓時心中大喜！便問道：「漢子，你是哪裡人氏？因何到此？」燕青道：「小人姓張，排行第一，山東萊州人氏，聽得任原招天下人相撲，特來和他爭交。」知州又說道：「前面那匹全副鞍馬，是我出的獎品，準備要送給任原。山棚上所有物件，我主張分一半給你，你兩個分了這些禮品吧，我自抬舉你在我身邊做事。怎麼樣？」燕青回道：「相公，這些獎品倒不打緊，我只想要翻倒他，教眾人取笑，圖一聲喝采！」可是知州又勸解道：「他是一個金剛般一條大漢，你近他不得啊！」燕青聲若洪鐘回答道：「我死而無怨！」

於是他再上獻臺來，要與任原對決。長官從懷中取出〈相撲社條〉，從頭到尾讀了一遍，然後對燕青說道：「你曉得嗎？不許暗算！」燕青冷笑道：「他身上都有準備，我單單只這個水褌兒，暗算他什麼？」知州大人又叫長官來吩咐道：「這般一個漢子，又是個俊俏後生，眞是可惜了！你去與他分了這些獎勵品。」那老長官隨即上獻臺，又對燕青道：「漢子，你留了性命還鄉去吧，我們大人要分給你一半的獎品。」燕青非常不耐煩：「今天是誰贏誰輸？還不知道呢！」眾人都吆喝起來。只見數萬香官排得似魚鱗一般，廊廡屋脊上也都坐滿了人，眞可謂水洩不通！群衆只怕遮擋了視線，看不到這對相撲，因此爭先恐後，怕誤了精采的世紀大對決。

任原此時眞恨不得把燕青丟去九霄雲外，摔死他！那老長官又說道：「既然你兩個決意要相撲，那麼都要小心著，各自在意啊！」如今獻臺上只有三個人，時間已來到旭日初升，長官手上拿著竹批，大叫一聲：「看撲！」

只見小說家施耐庵走筆如風！寫道：

說時遲，那時疾，正如空中星移電掣相似，些兒遲慢不得。當時燕青做一塊兒蹲在右邊，任原先在左邊立個門户，燕青只不動彈。任原見燕青不動彈，漸漸逼過右邊來，燕青只瞅他下三面。任原暗忖道：「這人必來弄我下三面。你看我不消動手，只一腳踢這廝下獻臺去。」任原逐漸逼將過來，虛將左腳賣個破綻，燕青叫一聲：「不要來！」任原卻待奔他，被燕青去任原左脅下穿將過去。任原性起，急轉身又來拿燕青，被燕青虛躍一躍，又在右脅下鑽過去。大漢轉身終是不靈便，三換換得腳步都亂了。燕青卻搶將入去，用右手扭住任原，探左手插入任原交襠，用肩胛頂住他胸脯，把任原直托將起來，頭重腳輕，借力便旋了四五圈，旋到獻臺邊，叫一聲：「下去！」把任原頭在下，腳在上，直攛下獻臺來。這一撲，名喚做「鵓鴿旋」，數萬的香官看了，瞬間齊聲喝采！

那任原的徒弟們見燕青翻倒了他們的師父，先把山棚拽倒，亂搶起獎勵品來。衆人亂喝亂打時，那二、三十個徒弟搶入獻臺來，知州大人哪裡壓制得住？

正在一片混亂之際，不想旁邊惱犯了這個太歲，卻是「黑旋風」李逵，他看見了這場景，睜圓怪眼，倒豎虎鬚，因面前別無器械，便把杉刺子蔥般拔斷，活像兩株杉木在手，直打將來！香客中馬上有人認得李逵，說出名姓來。公差們便齊入廟裡大叫道：「休教走了梁山泊『黑旋風』！」那知府大人聽得這話，從頂門上不見了三魂，腳底下疏失了七魄，便往後殿走了。一時間四下裡人潮湧併圍將上來，廟裡香客，各自奔走。李逵看到任原時，他跌得昏暈，倒在獻臺邊，口內只剩些游氣。李逵揭塊石板，把任原頭砸得粉碎。燕青、李逵兩個從廟打將出來，門外弓箭亂射入來，燕青、李逵只得爬上屋去，揭瓦亂打。

不多時，只聽得廟門前喊聲大舉，有人殺將入來。當頭一個，頭戴白范陽氈笠兒，身穿白緞子襖，跨口腰刀，挺條朴刀，那漢便是北京「玉麒麟」盧俊義。後面帶著史進、穆弘、魯智深、武松、解珍、解寶七條好漢，引一千餘人，殺開廟門，入來策應。燕青、李逵見了，便從屋上跳將下來，跟著大隊便走。李逵便去客店裡拿了雙斧，趕來廝殺。這府裡整點得官軍來時，那伙好漢，已自去得遠了。官兵已知梁山泊人衆難敵，不敢來追趕。

《水滸傳》這一回寫得精采！將相撲的遊戲規則、開場儀式、選手的裝束打扮、優勝者出列的排場，以及這項比賽當時如何在官方的主持下，結合宗教廟會活動，舉辦得熱鬧非凡……，均描寫得歷歷如繪。不僅是一段突出的文學作品，同時也為古代相撲活動留下了珍貴的民俗學史料。更有趣的是，在《水滸傳》第一百零四回，小說作者還寫到了「男女混打」的相撲活動，此段落將古代農村社會，農忙之餘，村民們瘋狂荒誕的節慶嘉年華，表述無遺，很值得我們一同來閱讀：

話說宣和元年仲春時節，北宋「四大寇」之一，將來占據淮西為王的王慶聽說：「西去一里多遠，有個定山堡段家莊，那段氏兄弟新近接了個粉頭來莊上，並搭了戲臺，讓那粉頭說唱諸般品調。聽說那粉頭是西京行院來的，堪稱色藝雙絕，於是一時間人山人海，大家都來爭看！」王慶聽了這話，那裡按耐得住？因此一徑來到了定山堡。

王慶闖到此處，發現有五六百戶人家，村子的戲臺搭在東邊的麥田地上。那時粉頭還未上臺，臺下四面，有三、四十張桌子，都有人圍擠著在那裡擲骰子賭錢。

於是小說家借王慶的眼睛，讓讀者來看看那村里鄉間賭博的盛況，同時也藉機警醒世人十賭九輸的道理。

「那擲色的名兒，非止一端，乃是：

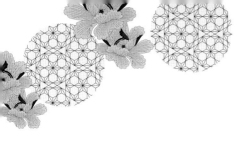

又有那攧錢的，蹲踞在地上，共有二十餘簇人。那攧錢的名兒，也不止一端，乃是：

六風兒，五么子，火燎毛，朱窩兒

渾純兒，三背間，八叉兒

那些擲色的，在那裡呼么喝六，攧錢的在那裡喚字叫背；或夾笑帶罵，或認眞厮打。那輸了的，脫衣典裳，褫巾剝襪，也要去翻本，廢事業，忘寢食，到底是個輸字；那贏的，意氣揚揚，東擺西搖，南闖北趄的尋酒頭兒再做，身邊便袋裡，搭膊裡，衣袖裡，都是銀錢，到後捉本算帳，原來贏不多，贏的都被把梢的，放囊的撚了頭兒去。不說賭博光景，更有村姑農婦，丟了鋤麥，撇了灌菜，也是三三兩兩，成群作隊，仰著黑泥般臉，露著黃金般齒，呆呆地立著，等那粉頭出來。看他一般是爹娘養的，他便如何恁般標致，有若干人看他。當下不但鄰近村坊人，城中人也趕出來看，把那青青的麥地，踏光了十數畝。」

除了賭博的光景，還有村姑農婦也都出來看熱鬧了！但見那些婦女一個個「丟了鋤麥，撇了灌菜，也是三三兩兩，成群作隊，仰著黑泥般臉，露著黃金般齒，呆呆地立著，等那粉頭出來。」黑泥臉、黃牙齒的女人看城裡來的妖嬈藝妓，自是有些心態不平衡，她們也想知道：一般都是爹娘養的，爲何粉頭便如此標致？有這麼多人要看她。

當下王慶閒看了一回大大小小的賭桌，看得技癢，見那戲臺裡邊，人叢中，有個彪形大漢，兩手靠著桌子，在杌子上坐地。那漢長得圓眼大臉，闊肩細腰，桌上堆著五貫錢，一個色盆，六隻骰子，卻無主顧與他賭。王慶想道：「俺自從吃官司到今日，有十數個月，不曾弄這個道兒了。前日范全哥哥把與我買柴薪的一錠銀在此，我就來與那厮擲幾擲，若贏幾貫錢回去，就買果兒來吃。」

當下王慶取出銀子，往桌上一丟，對那漢道：「胡亂擲一回。」那漢一眼瞅著王慶說道：「要擲便來。」說還未畢，早有一個人，從人叢裡挨擠出來，貌相高大，也來湊數。原來那王慶是東京積賭慣家，他又會躲閃打浪，又很狡猾奸詐，還專門下賭作弊，因此那兩個大漢不到一個時辰，就把五貫錢輸個罄盡。

王慶贏了錢，用繩穿過兩貫，放在一邊，又將那三貫穿縛停當，方欲將肩來負錢，那輸的漢子喝道：「你待將錢往那裡去？」王慶怒道：「你輸與我的，卻放那鳥屁？」那漢睁圓怪眼罵道：「狗弟子孩兒，你敢傷你老爺！」王慶罵道：「村撮鳥，俺便怕你把拳打在俺肚裡拔不出來，不將錢去！」那漢提起雙拳，往王慶劈臉打來。王慶側身一閃，就勢接住那漢的手，將右肘向那漢胸脯只一搪，右腳應手，將那漢左腳一勾。那漢是蠻力，哪裡解得這跌法，撲通的往後翻，面孔朝天，背脊著地。那立攏來看的人，都笑起來！

那漢卻待掙扎，被王慶上前按住，照實落處只顧打。那在先放囊的走來，也不解勸，也不幫助，只將桌上的錢，都搶去了。王慶大怒，棄了地上漢子，大踏步趕去。只見人叢裡閃出一個女子來，大喝道：「那厮不得無禮！有我在此！」王慶看那女子，長得非常粗曠豪邁：

「眼大露凶光，眉粗橫殺氣。腰肢坌蠢，全無嬝娜風情；面皮頑厚，惟賴粉脂鋪翳。異樣釵環插一頭，時興釧鐲露雙臂。頻搬石臼，笑他人氣喘急促；常掇井欄，誇自己膂力不費。針線不知如何拈，拽腿牽拳是長技。」

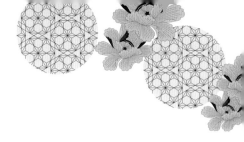

這女子大約有二十四、五歲年紀。她豪爽地脫了外面衫子，卷做一團，丟在一個桌上，裡面是箭桿小袖緊身，鸚哥綠短襖，下穿一條大襠紫夾綢褲兒，踏步上前，提起拳頭，往王慶打來。王慶見她是女子，又見她起拳便有破綻，有意耍她，故意不用快跌，也拽雙拳吐個門戶，擺開解數，與那女子相撲。但見：

拽開大四平，踢起雙飛腳。仙人指路，老子騎鶴。拗鸞肘出近前心，當頭炮勢侵額角。翹跟淬地龍，扭腕擎天橐。這邊女子，使個蓋頂撒花；這裡男兒，耍個繞腰貫索。兩個似迎風貼扇兒，無移時急雨催花落。

王慶與段三娘拉開雙手，踢開雙腳，一個抓住對方的頭；一個手繞對方的腰，一會兒拐腳，一會兒扭手腕……，衆人此時均已無心看那戲臺上的粉頭了，儘管這標致又擅於說唱的藝妓已在上臺搬演笑樂院本，然而衆人見這邊有更好看的男女相撲，便都一齊走攏來，把兩人圍在圈子中看。那女子見王慶只能架隔遮攔，沒本事鑽進來，她便覷個空，使個黑虎偷心勢，一拳往王慶劈心打來。王慶將身一側，那女子打個空，收拳不迭。被王慶就勢扭轉，只一交，把女子翻倒，女子剛剛著地，他又順手兒將她抱起來，口中說道：「莫污了衣服。休怪俺衝撞，是妳自來尋俺的。」而段三娘也毫無羞怒之色，反倒大方稱讚王慶：「嘖嘖，好拳腿！」

那輸錢又挨打還搶錢的兩個漢子，就是段家莊的二哥和五哥，他們分開衆人，一齊上前喝道：「驢牛射的狗弟子孩兒，恁般膽大！怎敢跌我妹子？」王慶喝罵道：「輸敗醃村烏龜子，搶了俺的錢，反出穢言！」於是上前，又要拽拳開打。只見一個人從人群裡搶出來，橫身隔住了六個拳頭，口裡高聲叫道：「不得無禮！段二哥、段五哥，也休要動手！都是一塊土上人，有話便好好地說！」王慶看時，卻是范全。三人便眞個住了手。

事實上，《水滸傳》的作者在寫到女性相撲時，還是過於文雅了。因爲當時民間女性在表演相撲時，其著裝要比小說中的段三娘更火辣！甚至有赤膊上陣的情況。而且宋朝人非常喜愛觀看女子相撲，《武林舊事》中特稱之爲「女颭」，意思是說這些女性相撲手的招數變幻難測，身法疾風如電！這一點也反映出宋人娛樂生活的豐富與刺激！

尤有甚者，根據史料記載，女子相撲在當時京城開封堪稱一絕！是最吸引觀衆的娛樂表演，同時這些女子的稱號也都相當威風！有：「賽關索」、「囂三娘」、「黑四姐」等等，用這些豪邁又香艷的名號來吸引人們，觀看她們以壯碩的玉體相互角力，其開放的風氣眞可謂冠絕古今！

俠客行——穿梭在《紅樓夢》與《水滸傳》之間

柳湘蓮，《紅樓夢》裡一位長相俊美的世家男兒，卻又好耍槍舞劍，其性情之豪爽，連訂婚的贈禮都是俠客不離身的一對鴛鴦劍！他與尤三姐淒清的愛情故事，展現了經典紅樓人物，如寶玉和秦鐘那樣哀傷纏綿的情愁；然而他的另一面性格是遇事便做，遇強便懲，遇弱則扶，則又分明是水滸男兒的本色。即使在他任性執意逼著尤三姐退婚過程中，我們依然彷彿看見了像史進、魯智深這一類粗豪人物，他們做事但憑血氣，行爲不計後果。

《水滸傳》第三回即爲剛現身的兩大男主角做了「定裝照」，尤以史進更爲突出！我們看見他「頭戴白范陽氈大帽，上撒一撮紅纓，帽兒下裹一頂渾青抓角軟頭巾，項上明黃縷帶，身穿一領白紵絲兩上領戰袍，腰繫一條揸五指梅紅攢線搭膊，青白間道行纏絞腳，襯著踏山透土多耳麻鞋，跨一口銅鈸磐口雁翎刀，背上包裹，提了朴刀，辭別朱武等三人。衆多小嘍囉都送下山來，朱武等灑淚而別，自回山寨去了。」

原來他剛剛仗義解救朋友，不惜燒了自家的史家村，之後茫然四顧，決定到關西找尋師父王進的墳墓，以便照料王師傅的老母。這一片純然的孝心，和他與朋友之間的肝膽相照，互相輝映！在找尋王母的過程中，他一身的服飾，透露出宋元以降，武士的美學，連同他的使命感，或許可與柳湘蓮之解救薛蟠，形成一組參差的對照，讓我們瞥見好使槍弄棒的率性武夫，在行止之間所散發的魅力！

史進頭戴圓盤白色軍用氈帽，帽頂撒出一片鮮紅纓絲，身上兩層領子的白色戰袍，並在腰間繫上一條梅紅絲線縫製的布口袋，如此重複著以純白為底，點綴豔麗的大紅繡線，使人感覺到男主人公年少純潔的心地，和一片赤誠如火的熱情！此間最美的是他脖子上有一條明黃的縷帶，分外地搶眼！既有個性，又突顯霸氣！

鏡頭往下移到他黑白相間的綁腿，以及一雙可以跋山涉水，並以多耳孔來穿綁鞋帶的麻繩鞋。然後我們再看看他腰橫一口秋水雁翎刀，手提一把朴刀，便可斷定史進整個人透顯著靈活輕快、神氣威武的英姿。在這樣一位豪傑的身上，我們多少可以瞥見柳湘蓮的形象與特質。《紅樓夢》與《水滸傳》在截然區分的表象下，其實隱含著對於人物藝術形象深刻雕鏤的共同偏好。而交叉遊走在這兩部作品之間，將更豐富我們的閱讀視野，同時提升我們對人物藝術的鑑賞能力。

當面錯過！——《水滸傳》、《紅樓夢》的仙緣與塵緣

中國古典小說，尤其是明代四大奇書與清代的《紅樓夢》等幾部作品，其情節連綿交織，內容相互引述之處，很值得我們探討。究竟這幾部明清文本之間的互文關係，指涉了哪些時代環境、社會思潮與集體潛意識？我們或可將此視之爲前代作家對後起敘事所產生的長遠影響，甚或可以從這一連串互相關涉的書寫動作中，探索傳統民族性與世俗生存價值觀等議題。畢竟小說是最貼近民間思想的文學體裁，從元末明初到清代前期，幾部小說的重覆性敘事，或許可以爲長期以來暗藏於民間的文化思想與審美意趣提供多元的文化詮釋。

首先，我們可以將《紅樓夢》裡，作者對於太虛幻境的描述，與《水滸傳》中，江西龍虎山上清宮的環境書寫，作一近距離的參照，從中具體理解十六世紀中葉至十八世紀中葉，這兩百年間，中國人對於能預示未來的仙界，存在著怎樣一致性的想像空間。

《紅樓夢》第五回，寶玉在秦可卿臥房裡，剛闔上眼，便惚惚的睡去，夢中猶似秦氏在前，遂悠悠蕩蕩，他便隨了秦氏至一所在。但見朱欄白石，綠樹清溪，眞是人跡稀逢，飛塵

不到。寶玉在夢中歡喜，想道：「這個去處有趣！我就在這裡過一生，縱然失了家也願意，強如天天被父母、師傅打呢！」我們回顧《水滸傳》第一回洪信領了聖敕，辭別天子，背了詔書，盛了御香，帶了數十人，上了鋪馬，一行部隊，離了東京，取路徑投信州貴溪縣來。那龍虎山上的住持道眾俱鳴鐘擊鼓，以香花燈燭，幢幡寶蓋，並一派仙樂，下山來迎接丹詔，直至上清宮前下馬。太尉看那宮殿周圍有青松屈曲，翠柏陰森。垂柳名花，蒼松老檜。階砌下流水潺潺，牆院後還有好山環繞。則太虛幻境與上清宮兩處仙境的描述都以桃花源般的世外境界爲依歸。而洪太尉第二天一大清早爲了敦請張天師入京禳災，於是辭別眾人，口誦天尊寶號，縱步上山來。將至半山，望見大頂直侵霄漢，果然好座大山。洪太尉在這樣的仙山中，先是遇到兇惡猛虎，後又爲雪花大蟒蛇所纏繞，幾乎嚇死過去！而第三幕驚人的戲，竟然是遇見了一位瘦弱稚齡的牧童！這裡顯現作家層層翻新的寫作意識。

當時洪太尉聽得松樹背後隱隱地笛聲吹響，漸漸近來。太尉定睛看時，只見那一個道童，倒騎著一頭黃牛，橫吹著一管鐵笛，轉出山凹來。太尉看那道童「頭綰兩枚丫髻，身穿一領青衣，腰間絛結草來編，腳下芒鞋麻間隔。明眸皓齒，飄飄並不染塵埃；綠鬢朱顏，耿耿全然無俗態。」這位清新且道骨仙風的牧童，眞是神仙一流的人物，但卻不是洪信這樣的俗人所以能夠認得的。事實上，在《紅樓夢》裡，賈寶玉也見到了一位仙境中的人物——警幻仙姑。當時仙姑作歌曰：「春夢隨雲散，飛花逐水流；寄言眾兒女，何必覓閑愁！」寶玉聽了，是女子的聲音。歌音未息，早見那邊走出一個人來，蹁躚裊娜，端的與人不同。有賦爲證：「方離柳塢，乍出花房。但行處，鳥驚庭樹；將到時，影度迴廊。仙袂乍飄兮，聞麝蘭之馥郁；荷衣欲動兮，聽環佩之鏗鏘。靨笑春桃兮，雲堆翠髻；唇綻櫻顆兮，榴齒含香。纖腰之楚楚兮，迴風舞雪；珠翠之輝輝兮，滿額鵝黃……。」

而仙界中的仙人所說出來的話，自是與眾不同，其與眾不同之處，就在於出乎讀者的意料之外。我們先看《水滸傳》：但見那個道童笑吟吟地騎著黃牛，橫吹著那管鐵笛，正過山來。洪太尉見了，便喚那個道童：「你從哪裡來？認得我麼？」道童不睬，只顧吹笛。太尉連問數聲，道童呵呵大笑，拿著鐵笛，指著洪太尉說道：「你來此間，莫非要見天師嗎？」太尉大驚，便道：「你是牧童，如何得知？」道童笑道：「我早間在草庵中伏侍天師，聽得天師說道：『今上皇帝差個洪太尉齎擎丹詔御香，到來山中，宣我往東京做三千六百分羅天大醮，祈禳天下瘟疫，我如今乘鶴駕雲去也。』這早晚想是去了，不在庵中。你休上去，山內毒蟲猛獸極多，恐傷害了你性命。」太尉再問道：「你不要說謊。」道童笑了一聲，也不回應，又吹著鐵笛，轉過山坡去了。

事實上這個牧童就是張天師本人，洪太尉與他失之交臂，因而無緣參透天機。這情況猶如《紅樓夢》第五回中的賈寶玉，他也在仙境裡遇見了指點迷津，並足以帶領他領略未來的仙人。只是他一時無法醒悟，因此也與天機失之交臂了。

《紅樓夢》第五回，仙姑也說了一段出人意表的話。那仙姑笑道：「吾居離恨天之上，灌愁海之中，乃放春山遣香洞太虛幻境警幻仙姑是也：司人間之風情月債，掌塵世之女怨男痴。因近來風流冤孽，纏綿於此處，是以前來訪察機會，布散相思。今忽與你相逢，亦非偶然。此離吾境不遠，別無他物，僅有自採仙茗一盞，親釀美酒一甕，素練魔舞歌姬數人，新塡《紅樓夢》仙曲十二支，試隨吾一遊否？」寶玉夢中遊歷太虛幻境，觀覽了預告命運的簿冊，品仙茗，飲美酒，聆聽《紅樓夢》曲，但終究還是與高人錯過。在《水滸傳》中，眞人道：「太尉可惜錯過，這個牧童，正是天師。」太尉道：「他既是天師，如何這等猥獕？」眞人答道：「這代天師，非同小可。雖然年幼，其實道行非常。他是額外之人，四方顯化，極是靈驗，世人皆稱爲道通祖師。」洪太尉道：「我直如此有眼不識眞師，當面錯過！」這世俗的濁眼，遮蔽了我們參透生命的視線，以俗文本的話語來說就是：「有眼不識眞師。」《紅樓夢》中的賈雨村也是這一類被紅塵濁眼迷了心竅的俗人。小說第二回寫道：賈雨村偶至郭外，意欲賞鑒那村野風光。忽信步至一山環水旋、茂林深竹之處，隱隱的有座廟宇，門巷傾頹，牆垣朽敗。門前有額，題著「智通寺」三字，門旁又有一副舊破的對聯，曰：「身後有餘忘縮手，眼前無路想回頭。」雨村看了，因想到：「這兩句話，文雖淺近，其意則深。我也曾遊過些名山大刹，倒不曾見過這話頭，其中想必有個翻過筋斗來的也未可知，何不進去試試。」想著，走入看時，只有一個龍鍾老僧在那裡煮粥。雨村見了，便不在意。及至問他兩句話，那老僧既聾且昏，齒落舌鈍，所答非所問。雨村不耐煩，便仍出來。

《紅樓夢》作者以龍鍾老僧來諷刺現實主義者賈雨村，有眼不識眞人。其背後的哲思正在於道家所重視的「絕假純眞」。老子說：「含德之厚，比於赤子。」明代學者李贄以此提出「童心」說，原來人心從最初狀態起，在經歷了長久的社會生活之後，會逐漸蒙上塵土。人們追逐名利，僞裝自己，做了壞事便撒謊，試圖掩蓋。久而久之，遂離純潔之心越來越遠。在塵世間打滾數十年之後，人們看似成熟，實則內心已經變質，心靈已經腐化，徒具軀殼而已。這情況猶如《紅樓夢》第二十五回癩頭和尚與跛足道人對通靈寶玉的批評：「青埂峰一別，展眼已過十三載矣！人世光陰，如此迅速，塵緣滿日，若似彈指！可羨你當時的那段好處：天不拘兮地不羈，心頭無喜亦無悲；卻因鍛煉通靈後，便向人間覓是非。可嘆你今日這番經歷：粉漬脂痕污寶光，綺櫳晝夜困鴛鴦。沉酣一夢終須醒，冤孽償清好散場！」

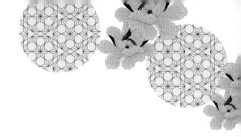

清靜無爲的仙界與仙人，如同通透的玻璃鏡面，照映出凡塵俗人被名利與情愛所纏身的困頓。這是寶玉癡迷的源頭，更是洪信與賈雨村終身的盲點。我們進一步看《紅樓夢》「好了歌」有所謂：「因嫌紗帽小，致使鎖枷槓。」甲戌本脂硯齋側批：「賈赦、雨村一干人。」明清小說的出世思想便是在這些人的身上拉開了序幕，《水滸傳》的第一回與《紅樓夢》的第五回，存在著相似的語言脈絡和思想理路。它們爲後續的故事定訂了調性，也爲那些脫離仙境後，在塵俗間茫然無所依的人們，其曲折坎坷的人生道路，埋下了千里伏筆。

賈寶玉與洪太尉的異次元時空旅行
——薄命司與伏魔殿

《水滸傳》的主角是在江湖上稱霸的一百單八將；而《紅樓夢》的作者所著重抒發的對象，卻是金陵十二釵正冊、副冊、又副冊裡所指涉的閨閣女子。雖然兩部書的人物形象剛柔互異，但兩位作者在描述主角人物登場的起始點上，俱都描寫了宮殿式的華麗建築群，從而使得落草的土寇，與閨房中的弱質女兒，這些社會與文學場域中的雙重邊緣人物，陡然間鍍上了一身華麗高貴的身世光輝！而這兩類邊緣人物群像，在古代文學史上，也確實很少以重量級的姿態躍登文學舞臺。明清小說家以神殿／宮廷等建築規模予以哄抬，在客觀的閱讀效果上，已達到了暗示讀者其主角人物不可等閒視之的隱喻效果。

《水滸傳》第一回，洪太尉回到上清宮之後，眞人與執事人等，請他遊山。太尉大喜。於是在隨從的護擁下，太尉步行出方丈，前面有兩個道童引路，行至宮前宮後，看玩許多景致。三清殿上，富貴不可盡言。左廊下九天殿、紫微殿、北極殿；右廊下太乙殿、三官殿、驅邪殿。諸宮看遍，行到右廊後一所去處。洪太尉看時，另外一所殿宇：一遭都是搗椒紅泥牆；正面兩扇朱紅格子，門上使著大鎖鎖著，交叉上面貼著十數道封皮，封皮上又是重重疊疊使著朱印；簷前一面朱紅漆金字牌額，左書四個金字，寫道：「伏魔之殿」。太尉指著門道：「此殿是什麼去處？」眞人答道：「此乃是前代老祖天師鎖鎭魔王之殿。」太尉又問道：「如何上面重重疊疊貼著許多封皮？」眞人答道：「此是老祖大唐洞玄國師封鎖魔王在此。但是經傳一代天師，親手便添一道封皮，使其子子孫孫，不得妄開。走了魔君，非常利害。今經八九代祖師，誓不敢開。鎖用銅汁灌鑄，誰知裡面的事？小道自來住持本宮三十餘年，也只聽聞。」

在諸多神殿一路鋪陳之下，最終展現眼前的「伏魔殿」，實則已經點出了這部小說的主角人物俱都是不世出的魔王！這番寫法，是在宮殿建築群的層層堆疊之下，推高了一百零八條好漢魔王的屬性。無獨有偶的是，在《紅樓夢》中，針對太虛幻境的描述，也是以層巒宮殿中的最後一殿，來點破眾金釵無可逃躲的生存處境——薄命。《紅樓夢》第五回寶玉隨仙姑至一所在。有石牌橫建，上書「太虛幻境」四個大字，兩邊一副對聯，乃是：「假作眞時眞亦假，無爲有處有還無。」轉過牌坊，便是一座宮門，上面橫書四個大字，道是：「孽海情天」。又有一副對聯，大書云：「厚地高天，堪嘆古今情不盡；痴男怨女，可憐風月債難償。」寶玉看了，心下自思道：「原來如此！但不知何爲『古今之情』，又何爲『風月之債』？從今倒要領略領略。」

寶玉當下隨了仙姑進入二層門內，只見兩邊配殿皆有匾額對聯，一時看不盡許多，惟見有幾處寫的是：「痴情司」、「結怨司」、「朝啼司」、「夜哭司」、「春感司」、「秋悲司」。看了，因向仙姑道：「敢煩仙姑引我到那各司中遊玩遊玩，不知可使得？」仙姑道：「此各司中皆貯的是普天之下所有的女子過去未來的簿冊，你凡眼塵軀，未便先知的。」寶玉聽了，哪裡肯依，復央之再四。仙姑無奈，說：「也罷！就在此司內略隨喜隨喜罷了！」

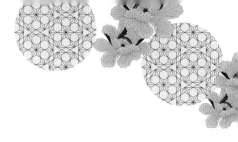

寶玉喜不自勝，抬頭看這司的匾上，乃是「薄命司」三字，兩邊對聯寫的是：「春恨秋悲皆自惹，花容月貌爲誰妍？」寶玉看了，便知感嘆。

賈寶玉進了薄命司，洪太尉硬闖伏魔殿，猶如現代科幻電影中的異次元時空旅行，因時間與空間的扭曲跳躍，於是產生時間空隙，遊歷者可以同時存在於現在和未來，這同時進行著的生命狀態，並不會互相干擾。寶玉和洪信，以及後續我們要談到的《金瓶梅》中的諸位娘子，他們都曾經得到了這樣一個機會可以瞬間照見未來，然而機會稍縱即逝，他們在有限的知識和意識中，卻都未曾把握此重大訊息，以致於發揮力量來扭轉自己的命運。命定說，就是在這樣的情節營造下成形的。

當時洪太尉聽了，心中驚怪，想道：「我且試看魔王一看。」便對眞人說道：「你且開門來，我看魔王什麼模樣。」眞人告道：「太尉，此殿決不敢開！先祖天師叮嚀告戒：今後諸人不許擅開。」太尉笑道：「胡說！你等要妄生怪事，煽惑良民，故意安排這等去處，假稱鎖鎮魔王，顯耀你們道術。我所讀之書，何曾見鎖魔之法！神鬼之道，處隔幽冥，我不信有魔王在內。快與我打開，我看魔王如何！」

那眞人三回五次稟說：「此殿開不得，恐惹利害，有傷於人。」太尉大怒，指著道衆說道：「你等不開與我看，回到朝廷，先奏你們衆道士阻當宣詔，違別聖旨，不令我見天師的罪犯；後奏你等私設此殿，假稱鎖鎮魔王，煽惑軍民百姓。把你都追了度牒，刺配遠惡軍州受苦。」眞人等懼怕太尉權勢，只得喚幾個火工道人來，先把封皮揭了，將鐵錘打開大鎖，衆人把門推開，看裡面時，黑洞洞地，但見：

昏昏默默，杳杳冥冥，數百年不見太陽光，億萬載難瞻明月影。不分南北，怎辨東西。黑煙靄靄撲人寒，冷氣陰陰侵體顫。人跡不到之處，妖精往來之鄉，閃開雙目有如盲，伸出兩手不見掌。常如三十夜，卻似五更時。

衆人一齊都到殿內，黑暗暗不見一物。太尉教從人取十數個火把點著，將來打一照時，四邊並無一物，只中央一個石碑，約高五六尺，下面石龜趺坐，大半陷在泥裡。照那碑碣上時，前面都是龍章鳳篆，天書符籙，人皆不識。照那碑後時，卻有四個眞字大書，鑿著「遇洪而開」。卻不是一來天罡星合當出世，二來宋朝必顯忠良，三來湊巧遇著洪信，豈不是天數？洪太尉看了這四個字，大喜，便對眞人說道：「你等阻當我，卻怎地數百年前已註定我姓字在此？遇洪而開，分明是教我開看，卻何妨。我想這個魔王，都只在石碑底下。汝等從人，與我多喚幾個火工人等，將鋤頭鐵鍬來掘開。」

眞人慌忙諫道：「太尉不可掘動，恐有利害，傷犯於人，不當穩便。」太尉大怒，喝道：「你等道衆，省得什麼？碑上分明鑿著遇我教開，你如何阻擋？快與我喚人來開。」眞人又三回五次稟道：「恐有不好。」太尉哪裡肯聽，只得聚集眾人，先把石碑放倒，一齊並力掘那石龜，半日方才掘得起。又掘下去，約有三四尺深，見一片大青石板，可方丈圍。洪太尉叫再掘起來，眞人又苦稟道：「不可掘動。」

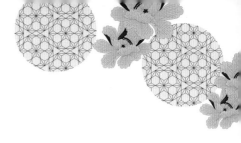

太尉哪裡肯聽，眾人只得把石板一齊扛起，看時，石板底下，卻是一個萬丈深淺地穴。只見穴內刮喇喇一聲響亮。那響非同小可，恰似天摧地塌，嶽撼山崩。錢塘江上，潮頭浪擁出海門來；泰華山頭，巨靈神一劈山峰碎。共工奮怒，去盔撞倒了不周山；力士施威，飛錘擊碎了始皇輦。一風撼折千竿竹，十萬軍中半夜雷。那一聲響亮過處，只見一道黑氣，從穴裡滾將起來，掀塌了半個殿角。那道黑氣，沖到半天裡空中，散作百十道金光，往四面八方去了。眾人吃了一驚，發聲喊，都走了，撇下鋤頭鐵鍬，盡從殿內奔將出來，推倒撞翻無數。驚得洪太尉目睜口呆，罔知所措，面色如土，奔到廊下，只見眞人向前叫苦不迭。

洪太尉硬是掘開了萬丈地穴，讓沖天的黑氣化作百十道金光，直上雲霄。恰如《紅樓夢》裡的賈寶玉也一心要看貼滿封條的櫥櫃裡，究竟埋藏著怎樣的謎團。他進入門來，只見有十數個大櫥，皆用封條封著。看那封條上，皆是各省的地名。寶玉一心只揀自己的家鄉封條看，遂無心看別省的了。只見那邊櫥上封條上大書七字云：「金陵十二釵正冊」。寶玉問道：「何為『金陵十二釵正冊』？」警幻道：「即貴省中十二冠首女子之冊，故為『正冊』。」寶玉道：「常聽人說，金陵極大，怎麼只十二個女子？如今單我家裡，上上下下，就有幾百女孩子呢。」警幻冷笑道：「貴省女子固多，不過擇其緊要者錄之。下邊二櫥則又次之。餘者庸常之輩，則無冊可錄矣。」寶玉聽說，再看下首二櫥上，果然寫一個著「金陵十二釵副冊」，又一個寫著「金陵十二釵又副冊」。寶玉便伸手先將「又副冊」櫥門開了，拿出一本冊來，揭開一看，只見這首頁上畫著一幅畫，又非人物，也無山水，不過是水墨滃染的滿紙烏雲濁霧而已。後有幾行字跡，寫的是：「霽月難逢，彩雲易散。心比天高，身爲下賤。風流靈巧招人怨。壽夭多因毀謗生，多情公子空牽念。」

寶玉看了，又見後面畫著一簇鮮花，一床破席，也有幾句言詞，寫道是：「枉自溫柔和順，空云似桂如蘭。堪羨優伶有福，誰知公子無緣！」寶玉看了不解。遂擲下這個，又去開了副冊櫥門，拿起一本冊來，揭開來看，越是不懂，越是往下看，知道最後有一幅畫面畫著高樓大廈，有一美人懸梁自縊。其判云：「情天情海幻情身，情既相逢必主淫。漫言不肖皆榮出，造釁開端實在寧。」

寶玉還想繼續看時，那仙姑知他天分高明，性情穎慧，恐把仙機洩漏，遂掩了卷冊，笑向寶玉道：「且隨我去遊玩奇景，何必在此打這悶葫蘆！」

寶玉恍恍惚惚，不覺棄了卷冊，又隨了警幻來至後面。但見珠帘繡幕，畫棟雕檐，說不盡那光搖朱戶金鋪地，雪照瓊窗玉作宮。更見仙花馥郁，異草芬芳，眞好個所在。又聽警幻笑道：「你們快出來迎接貴客！」一語未了，只見房中又走出幾個仙子來，皆是荷袂蹁躚，羽衣飄舞，嬌若春花，媚如秋月。她們爲寶玉演出《紅樓夢十二支曲》，其內容依舊透顯著寶玉身旁衆女子諸多不幸的命運。

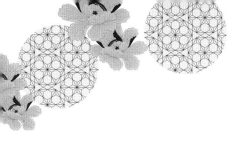

在故事伊始，便設計特殊情節來暗示人物未來命運的走向，則《紅樓夢》實有借鏡於《金瓶梅》之處。尤其是《金瓶梅》昭示人物命運的方法，也是透過圖像式解說，此處與金

陵十二釵簿冊中的繪圖，存在著極相近的寫作手法。我們來看《金瓶梅》第四十六回因西門慶往衙門中去了。月娘約飯時前後，與孟玉樓、李瓶兒三個同送大師父家去。因在大門首站立，見一個鄉里卜龜兒卦兒的老婆子，穿著水合襖、藍布裙子，勒黑包頭，背著褡褳，正從街上走來。

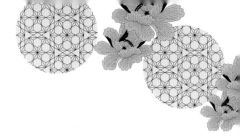

月娘使小廝叫進來，在二門裡鋪下卦帖，安下靈龜，說道：「你卜卜俺每。」那老婆扒在地下磕了四個頭：「請問奶奶多大年紀？」月娘道：「你卜個屬龍的女命。」那老婆道：「若是大龍，四十二歲，小龍兒三十歲。」月娘道：「是三十歲了，八月十五日子時生。」那老婆把靈龜一擲，轉了一遭兒住了。揭起頭一張卦帖兒。上面畫著一個官人和一位娘子在上面坐，其餘都是侍從人，也有坐的，也有立的，守著一庫金銀財寶。

老婆道：「這位當家的奶奶是戊辰生，戊辰己巳大林木。為人一生有仁義，性格寬洪，心慈好善，看經布施，廣行方便。一生操持，把家做活，替人頂缸受氣，還不道是。喜怒有常，主下人不足。正是：喜樂起來笑嘻嘻，惱將起來鬧哄哄。別人睡到日頭半天還未起，你老早在堂前轉了。梅香洗銚鐺，雖是一時風火性，轉眼卻無心。和人說也有，笑也有，只是這疾厄宮上著刑星，常沾些啾唧。虧你這心好，濟過來了，往後有七十歲活哩。」

孟玉樓道：「你看這位奶奶命中有子沒有？」婆子道：「休怪婆子說，兒女宮上有些不實，往後只好招個出家的兒子送老罷了。隨你多少也存不的。」玉樓向李瓶兒笑道：「就是你家吳應元，見做道士家名哩。」月娘指著玉樓：「你也叫他卜卜。」玉樓道：「你卜個三十四歲的女命，十一月二十七日寅時生。」那婆子從新撇了卦帖，把靈龜一卜，轉到命宮上住了。揭起第二張卦帖來，上面畫著一個女人，配著三個男人：頭一個小帽商旅打扮；第二個穿紅官人；第三個是個秀才。也守著一庫金銀，左右侍從伏侍。

婆子道：「這位奶奶是甲子年生。甲子乙丑海中金。命犯三刑六害，夫主克過方可。」玉樓道：「已克過了。」婆子道：「你爲人溫柔和氣，好個性兒。你惱那個人也不知，喜歡那個人也不知，顯不出來。一生上人見喜下欽敬，爲夫主寵愛。只一件，你饒與人爲了美，多不得人心。命中一生替人頂缸受氣，小人駁雜，饒吃了還不道你是。你心地好了，雖有小人也拱不動你。」玉樓笑道：「剛才爲小廝討銀子和他亂了，這回說是頂缸受氣。」

月娘道：「你看這位奶奶往後有子沒有？」婆子道：「濟得好，見個女兒罷了。子上不敢許，若說壽，倒盡有。」月娘道：「你卜卜這位奶奶。李大姐，你與他八字兒。」李瓶兒笑道：「我是屬羊的。」婆子道：「若屬小羊的，今年廿七歲，辛未年生的。生幾月？」李瓶兒道：「正月十五日午時。」那婆子卜轉龜兒，到命宮上矻磴住了。揭起卦帖來，上面畫著一個娘子，三個官人：頭一個官人穿紅，第二個官人穿綠，第三個穿青。懷著個孩兒，守著一庫金銀財寶，旁邊立著個青臉獠牙紅髮的鬼。

婆子道：「這位奶奶，庚午辛未路旁土。一生榮華富貴，吃也有，穿也有，所招的夫主都是貴人。爲人心地有仁義，金銀財帛不計較，人吃了轉了他的，他喜歡；不吃他，不轉他，到惱。只是吃了比肩不和的虧，凡事恩將仇報。正是：比肩刑害亂擾擾，轉眼無情就放刁；寧逢虎摘三生路，休遇人前兩面刀。奶奶，你休怪我說：你盡好匹紅羅，只可惜尺頭短了些。氣惱上要忍耐些，就是子上也難爲。」李瓶兒道：「今已是寄名做了道士。」婆子道：「既出了家，無妨了。又一件，你老人家今年計都星照命，主有血光之災，仔細七八月不見哭聲才好。」說畢，李瓶兒袖中掏出五分一塊銀子，月娘和玉樓每人與錢五十文。

剛打發卜龜卦婆子去了，只見潘金蓮和大姐從後邊出來，笑道：「我說後邊不見，原來你每都往前頭來了。」月娘道：「俺們剛才送大師父出來，卜了這回龜兒卦。你早來一步，也教他與你卜卜兒。」金蓮搖頭兒道：「我是不卜他。常言：算的著命，算不著行。想前日道士說我短命哩，怎的哩？說的人心裡影影的。隨他明日街死街埋，路死路埋，倒在洋溝裡就是棺材。」潘金蓮雖不算命，或者說逃避算命，然而她所說的這一段話，也將一語成讖地兌現於日後，她橫死在武松的無情刀下。

《金瓶梅》裡的娘子們有算命的，有不算命的，但無論如何，小說此回總結了一句話：「一生都是命安排。」同爲「女子薄命觀」的《紅樓夢》，其書名來自第五回的十二支曲子，而且這些曲子本身的詞義也正繼承了《金瓶梅》中的命定思想：那時十二個舞女上來，將新製《紅樓夢》十二支演出。她們輕敲檀板，款按銀箏，唱出了寶、黛、釵之際的婚戀悲劇：

〔終身誤〕都道是金玉良姻，俺只念木石前盟。空對著、山中高士晶瑩雪；終不忘、世外仙姝寂寞林。嘆人間、美中不足今方信。縱然是齊眉舉案，到底意難平！

〔枉凝眉〕一個是閬苑仙葩，一個是美玉無瑕。若說沒奇緣，今生偏又遇著他；若說有奇緣，如何心事終虛化？一個枉自嗟呀，一個空勞牽掛。一個是水中月，一個是鏡中花。想眼中能有多少淚珠兒，怎禁得秋流到冬盡、春流到夏！

又有元、迎、探、惜的死亡、遠嫁、出家等悲劇結局。

〔恨無常〕喜榮華正好，恨無常又到。眼睜睜、把萬事全拋。蕩悠悠、把芳魂消耗。望家鄉，路遠山高。故向爹娘夢裏相尋告：兒命已入黃泉，天倫呵，須要退步抽身早！

〔分骨肉〕一帆風雨路三千，把骨肉家園齊來拋閃。恐哭損殘年，告爹娘，休把兒懸念。自古窮通皆有定，離合豈無緣？從今分兩地，各自保平安。奴去也，莫牽連！

〔樂中悲〕襁褓中父母嘆雙亡。縱居那綺羅叢，誰知嬌養？幸生來英豪闊大寬宏量，從未將兒女私情略縈心上。好一似、霽月光風耀玉堂。廝配得才貌仙郎，博得個地久天長，準折得幼年時坎坷形狀。終久是雲散高唐，水涸湘江。這是塵寰中消長數應當，何必枉悲傷！

〔喜冤家〕中山狼，無情獸，全不念當日根由。一味的驕奢淫蕩貪歡媾。覷著那，侯門艷質同蒲柳；作踐得，公府千金似下流。嘆芳魂艷魄，一載蕩悠悠！

還有王熙鳳、巧姐、李紈、妙玉等人不幸的遭遇，最後總算結束在一片白茫茫大地眞乾淨！

〔收尾．飛鳥各投林〕爲官的，家業凋零；富貴的，金銀散盡；有恩的，死裏逃生；無情的，分明報應；欠命的，命已還；欠淚的，淚已盡。冤冤相報實非輕，分離聚合皆前定。欲知命短問前生，老來富貴也眞僥幸。看破的，遁入空門；痴迷的，枉送了性命。好一似食盡鳥投林，落了片白茫茫大地眞乾淨！

聽完曲子之後，寶玉恍恍惚惚，如夢似幻，一知半解，抱著諸多謎團，無從解釋。他必定得親自走過這一條人生道路，最後才能印證當年夢境中的判詞與歌曲，是多麼令人椎心刺骨！哀痛惋惜！

作者對賈寶玉遊歷太虛幻境，從空間意象到神話結構的寫作與設計，既源自《金瓶梅》，又可上溯至《水滸傳》。而實有其超越前文本的可圈點之處，尤其是將預告未來的情節，提前至第五回，欲與結局遙遙呼應，這才堪稱草蛇灰線，伏脈千里。又將算命的情節改爲夢境，更能使人感受到人生如夢的悽愴滄桑之慨！

從《水滸傳》、《金瓶梅》到《紅樓夢》，這是一段漫長的文學創作接力賽跑！後起之秀往往務求在前人的基礎上推陳出新，這一點我們在上述三部書中得到了印證，三部書外貌差異極大，卻又存在著極爲神似的內在肌理，尤其是傳統的命定思想，從「伏魔之殿」、老婆子卜卦，到「薄命司」所透漏的天機，也是一條有趣的線索，讓我們有機會可以一口氣貫通這三部風格與主題迥異的小說，看見古人紛呈的生活細節底下，對命運隱伏著怎樣的不安與惶惑！

國家圖書館出版品預行編目資料

鬼影俠蹤：聊齋誌異與水滸傳／朱嘉雯著.
—— 初版. —— 臺北市：五南圖書出版股份有限公司, 2021.05
面； 公分
ISBN 978-986-522-693-0（平裝）

857.27　　110005870

1XLC

【朱嘉雯經典小說思辨課 1】

鬼影俠蹤：聊齋誌異與水滸傳

作　　者 — 朱嘉雯（34.6）
發 行 人 — 楊榮川
總 經 理 — 楊士清
總 編 輯 — 楊秀麗
副總編輯 — 黃文瓊
責任編輯 — 吳雨潔
封面設計 — 姚孝慈
美術設計 — 姚孝慈
出 版 者 — 五南圖書出版股份有限公司
地　　址：106台北市大安區和平東路二段339號4樓
電　　話：(02)2705-5066　　傳　　真：(02)2706-6100
網　　址：https://www.wunan.com.tw
電子郵件：wunan@wunan.com.tw
劃撥帳號：01068953
戶　　名：五南圖書出版股份有限公司

法律顧問　林勝安律師

出版日期　2021年5月初版一刷
　　　　　2023年9月初版二刷
定　　價　新臺幣320元

權所有・欲利用本書內容，必須徵求本公司同意※

經典永恆‧名著常在

五十週年的獻禮——經典名著文庫

五南，五十年了，半個世紀，人生旅程的一大半，走過來了。
思索著，邁向百年的未來歷程，能為知識界、文化學術界作些什麼？
在速食文化的生態下，有什麼值得讓人雋永品味的？

歷代經典‧當今名著，經過時間的洗禮，千錘百鍊，流傳至今，光芒耀人；
不僅使我們能領悟前人的智慧，同時也增深加廣我們思考的深度與視野。
我們決心投入巨資，有計畫的系統梳選，成立「經典名著文庫」，
希望收入古今中外思想性的、充滿睿智與獨見的經典、名著。
這是一項理想性的、永續性的巨大出版工程。
不在意讀者的眾寡，只考慮它的學術價值，力求完整展現先哲思想的軌跡；
為知識界開啟一片智慧之窗，營造一座百花綻放的世界文明公園，
任君遨遊、取菁吸蜜、嘉惠學子！

五南
WU-NAN
全新官方臉書
五南讀書趣
WUNAN
Books
since1966
Facebook 按讚
1 秒變文青
五南讀書趣 Wunan Books
★ 專業實用有趣
★ 搶先書籍開箱
★ 獨家優惠好康
不定期舉辦抽
贈書活動喔！！